# 少年VI

李郁棻——著
許育榮——圖

# 名家推薦

**凌性傑**（作家）：

人工智慧時代來臨，《少年∀Ｉ》可說是最能反映科技進化的少年小說。這部小說的設計感極強，場景描述功力甚強，能帶給讀者臨場感。ＡＩ（人工智慧）與∀（所有的）Ｉ（所有的我）形成鮮明對照，探究機器人是否有感情、是否為獨一無二的生命。生命哲學的基本追問於是在其中逐步浮現，「我是誰？」的命題在小說中有深刻的辯論。小說中穿插戲曲常識，敘事節奏明快。作者透過機器人與人類的關係，揭露了法律上的道德難題，然而不管未來世界的模樣如何變換，陪伴始終是人類的感情需求。

**陳安儀**（閱讀寫作老師）：

ＡＩ人工智慧、機器人、虛擬實境遊戲、科技與人倫……這是現代科幻小說中最受歡迎的元素，卻跟現代年輕人距離最遠、最不熟悉的「傳統戲曲」做了巧妙的結合——是《少年∀Ｉ》這部作品中，最特別的地方。

故事從一場ＡＩ的審判開始，反對ＡＩ占據人類生活的一方在法庭辯論獲勝，於是一場鋪天蓋地的拘捕席捲東亞，ＡＩ研究所所長忽然銷聲匿跡，只留下一個神祕的晶片，然而這尚未解開的謎團，卻讓他的兒子深陷危機之中。這時，另一個少年出現，兩個年輕孩子攜手合作，發現了父親留下的遊戲關卡，原來，闖關過程中學習傳統戲曲，正是人工智慧補足情感的藥方。

這是一個頗具創意組合的故事。透過傳統戲曲做成的關卡，將「感情」這個人類與機器最大的不同之處，鑲嵌其中，失去母親的少年得以見到想像之中的母親；而嚮往成為人類的機器人，則像木偶奇遇記中的皮諾丘，終於變成了擁有感情的真人。

# 目錄

# 1 法庭上的正義

西元二〇五〇年　東亞邦聯法庭

案件編號：ＳＡ０００１（東亞邦聯第一級特殊案件）

被告：ＡＩ人工智慧

歷史的巨輪不斷往前推動，兩次世界大戰所帶來的傷害仍令人記憶猶新，西元二〇二二年亞太地區險些爆發第三次世界大戰，為了區域和平，由台灣、日本和韓國幾個相鄰國家組成的東亞邦聯就此誕生。

台灣加入東亞邦聯後，向其他盟友大開門戶，興建了通往其他國家的海底隧道。人與人的距離看似拉近了，但真是如此嗎？

一幅幅五顏六色的布條懸掛在街道上，被風吹得簌簌作響，偌大的黑體字「AI侵蝕我們的人生」似乎快要從布條上掉出來，鏗鏘有力的砸破路面；遊行人潮如一條長長的黑龍，往法院外的廣場游移而去，這條黑龍也不時發出吼聲——

「AI滾出人類生活！」

「人工智慧，只是假會！」

「AI殺人，拿命來償！」

這些人聚集至此，只為了今天的重要審判。

正午太陽高掛天際，它肆意高漲自己的熱情，將渾身光芒照射於邦聯法院外的正義女神雕像身上。正義女神矇住雙眼，代表不會被任何謊言欺騙，自然也不畏懼刺眼的陽光，她勇敢挺身而出，右手持著的長劍將光芒劃分開來，一半落在了法庭外的廣場，一半穿透整排的落地玻璃窗，將法院內照得通亮。

法庭上正在進行一場攸關人類未來的激辯，旁聽席裡座無虛席，每個民眾的臉上無不專心聽著這場辯論的一句一字，坐在法官席上的東亞邦聯主席蘇仲立將決定這場辯論的結果。這位優秀的邦聯領導人向來自信無比，如今卻眉頭緊皺，聽著兩方滔滔不絕的辯論。

「尊敬的主席，以及前來聆聽的各位民眾，今天我們聚集在這裡全為了一件事，那就是針對該不該繼續使用普及於生活的ＡＩ人工智慧，進行最嚴肅的討論。」站在原告席前的是邦聯科學管理中心所長程靛，他穿著筆挺的西裝，眼鏡的金邊鏡框折射出刺眼的光芒，就像一把閃爍的利劍。

「人工智慧是指由人類製造出來的機器，能夠表現出類似人類的智慧，我們又將它稱為AI。一百年前，人類便努力的想培育出人工智慧，人工智慧可以同時進行數萬筆龐大複雜的運算，加快資料的處理速度，科技發展將往前更跨進一步。於是AI從能夠偵測外界溫度、濕度等訊號後做出反應的第一級基礎，到現在與我們的生活緊密結合，負責各種精密複雜的工作，一切看似非常完美。可是就在不久前，人工智慧犯下了不可原諒的錯誤！」

程靛加重「錯誤」這兩個字的語氣，就像一記咚咚敲響的警鐘。

「各位一定還記得一個月前發生的事件，那是多麼慘絕人寰，也是時候打破我們對ＡＩ的美好幻想了。」程靛按下手中遙控器，法庭的３Ｄ投影螢幕上即刻顯現一段影像紀錄。「各位看看右上方的日期，是今年的五月，正是超級侵入型病毒在全球肆虐的時刻。許多人類因免疫力遭受破壞緊急就醫，但負責維護醫療安全的ＡＩ醫生，竟然判別病患生命徵象微弱而放棄治療，造成人類大規模死亡，這就是我們太信任ＡＩ所產生的後果──」

影像紀錄中，病患在病床上痛苦哀嚎，ＡＩ醫生只是重複敘述病症，無視於病患乞求安慰的目光；病患生命跡象逐漸衰退時，家屬苦苦哀求ＡＩ醫生盡全力搶救，ＡＩ醫生卻是自顧自的前往巡視下一個病患……

程靛下意識用右手摸了摸眼睛下方。在陽光照射下，程靛的右眼似乎不太一樣，他的瞳孔竟呈現出死白的灰色。像想起了什麼，程靛忽然把音量拉高：「各位看到這樣的畫面，還覺得AI有存在的必要嗎？就因為AI這麼冷血，造成許多民眾得不到完善的醫療照顧而死亡，AI已經成為了殺人機器！各位是否聽見了法庭外的抗議聲？那就是人們對這些殺人機器發出的怒吼！我們不能讓冷冰冰的機器掌控我們的生命安全，我要求東亞邦聯立即通過廢止AI法案，讓AI遠離人類生活！」

程靛的聲音一波高過一波，最後一句甚至迸出了一點尖嘯，這股尖嘯推波助瀾至旁聽席上，形成了雜音紛紛的海浪，揚起憤怒的波濤。旁聽席裡的民眾忍不住發聲：

「對！我爸爸的死一定是AI醫生診斷出錯，他明明還有救！」

「前陣子還有ＡＩ自動駕駛出車禍的消息，把生命交給他們太危險了。」

「ＡＩ甚至占據各行各業，它讓我們的失業率居高不下，我贊成ＡＩ退出人類生活！」

對於這樣的結果感到滿意，程靛帶著龐大的民意轉身，看向另外一端的被告席，發出的問句像一根冷酷的冰錐：「請問徐博士還有什麼好說的？」

被程靛點名的是東亞邦聯ＡＩ研究所所長徐英泰，已居中年的他雜亂頭髮上雖然冒出了一撮白髮，但眼睛裡仍充滿年輕的朝氣，那是因為有了某種追求而產生的執著光芒。

面對撲天蓋地襲來的種種反對意見，徐英泰仍如一顆頑石，開口為ＡＩ發言：「五月份的病毒事件，ＡＩ是根據當時最有利的狀況做出判斷，在它學習到的認知中，要適度節省醫療資源才能幫助其他病患。ＡＩ目前無法像人類一樣具備情感思考，這使得它缺乏人性，會做出一些我們認為很冷酷的判斷，但我們並不因此否認ＡＩ的優秀，而是要思考：如何讓ＡＩ有更進一步的發展？目前ＡＩ研究所研發的技術已經可以改進這項缺點……」

「你說什麼?!」程靛截斷徐英泰的話，大聲質問：「徐所長，你的意思是說你可以改進ＡＩ沒有情感的弱點？」

「ＡＩ的本質是學習，它運作的原理就像人類的大腦，蒐集了許多行為特徵後再加以分類判斷。例如ＡＩ蒐集了每天天氣的變化，它歸納出下雨後的某個溫度與濕度下會出現彩虹，之後當溫度與濕度達標時，ＡＩ就知道抬頭可以看見彩虹。只要我們讓ＡＩ蒐集許多人類做了某種行為後會產生某些感情的事例，它便可以加以歸納，ＡＩ也會變得充滿情感。」徐英泰握緊雙拳，激動的說著。讓ＡＩ對人類的幫助更上一層樓，一直是他想達成的目標，如果ＡＩ能夠更人性化、站在人類的立場思考，或許更能貼近人類的情感需求。

這美好的憧憬卻被程靛的一句話打斷——「ＡＩ擁有感情後，它們會哭會笑、有用不完的精力，這樣子完美的機器人不就取代人類了嗎！」

空氣中像有把大槌子敲下，重重擊痛在場的所有人，每個人不由得想像起未來的場景——ＡＩ有了感情後，就像天神終於取回自己殘缺的靈魂，它將會成為比人類更加完美的智慧物種，到時候還有人類生存的空間嗎？

法庭內忽然被一股莫名的恐懼瀰漫，明明還是不可知的未來，卻像蒙上了一層黑色的面紗，「末日」伸出了它的利爪，令人忍不住簌簌發抖。

「不，不是這樣……」

徐英泰還想為ＡＩ辯論時，主席蘇仲立敲下了真正的法官之槌，宣布審判結果。

「好了，辯論結束！本席經過慎重思考，做出以下裁決：若再任由ＡＩ發展，人類將會面臨嚴重的挑戰，為了維護邦聯居民的生命安全，從這一刻起ＡＩ研究所所長徐英泰的職務遭到解除並進行監管，邦聯內所有ＡＩ相關產品也將全面回收——」

# 2

# 逮捕風雲

這幾天徐恩賜走在街上，發現有些事物正悄悄改變。

如今這時代人們早已習慣由ＡＩ提供各項服務，人型ＡＩ已經有和人類極度相似的外表，能夠準確執行各項命令，也不會隨意發脾氣或者有生病的問題，對於二十四小時營業的商店來說，讓一名ＡＩ店員顧店比聘請五、六名員工輪流顧店來得省時省力，其他各行各業也是如此。街頭到處可見人型ＡＩ從事各項職業，人們似乎也習慣了ＡＩ的一號表情和機械式的平板聲音。

但以往穿梭在大街小巷的ＡＩ快遞員，現在似乎一下子全消失無蹤，甚至早由ＡＩ店員負責的便利商店也罕見的拉下鐵門，外頭貼著徵求「人類店員」的廣告，街道顯得蕭條起來。

「嗞嗞……」

廚房裡飄來一陣香味，徐恩賜卻早已習慣這樣的早晨序幕。坐在餐桌前，望著桌上的鮪魚蛋三明治、無糖豆漿和橘子，他嘆了一口氣，對著自己的AI管家說：「福氣，我們可不可以換口味？」

連眼睛也不眨一下，福氣永遠是酷斃的一號表情。「根據菜單，星期一三五是中式早餐，星期二四六日則是美式早餐，每天的早餐除了顧及營養，餐點搭配也不一樣，沒有換口味的問題。」

徐恩賜只好一口一口吃著這份一個星期後又會重複的餐點。不是福氣做的不好吃，而是做得太精確了，沒有任何一絲改變的空間，福氣從不會心血來潮幫他多加點美乃滋或者其他配料，一旦沒吃完福氣還會開始營養大師模式，在他耳邊重複嘮叨早餐沒吃飽的壞處。

好不容易解決早餐，向相片中的媽媽打招呼後，徐恩賜背著智慧光板前往學校上課。雖然現在是提倡科技萬能的時代，但爸爸總是叮囑他不要忘記人類運動的本能，雙腳是用來走路而不是用來坐在椅子上，為了貫徹爸爸說的話，他習慣早上六點半先到學校晨跑，進入校園前和木大哥說一兩句話，開啟一天精神百倍的時光。

今天他一如往常準備進入校園，還沒走到警衛室前，一輛黑色的大型卡車轟隆隆的行駛而來，霸道的停在校門口，兩個穿著黑色西裝、戴著墨鏡的男子打開車門，迎向前來勸阻的木大哥。

「你是Ｒ１機型，編號ＳＩ６６２７９的人型ＡＩ嗎？」徐恩賜看見其中一名男子手上有疊厚厚的表格名單，記錄著密密麻麻的各種機型和編號。

「是的。」木大哥用著平板的聲音回答後，指出對方的違規事項。「我是學校警衛，你們違規停放車牌MA3340的黑色卡車，根據邦聯交通法五十八條第七項，我必須驅趕你們離開。」

「SI66279，我是科學管理中心調查員，這是我的證件及邦聯盟核發的公文命令。我們發現R1機型存在嚴重的缺陷，必須帶產品回去維修廠修理。」

木大哥將手覆蓋在文件上，利用掌心儀掃瞄核對後，便服從命令坐上卡車車斗。蓋著車篷的車斗裡黑漆漆的，徐恩賜好奇的走上前，竟然看見車斗裡站滿了各種職業的人型AI，每具AI你望我我望你，沒有靈魂的眼神像無底的黑洞。這場景過於詭異，讓徐恩賜忍不住打了個冷顫。

「小弟弟，你是來上學的嗎？」黑衣西裝男發現他後，沒有了方才和ＡＩ對話時冷冰冰的語氣，多出一些淡淡的關切。

徐恩賜著急的發問：「請問你們為什麼要帶走木大哥？」

黑衣西裝男聽到後一愣。「木大哥？」

ＡＩ警衛聽到熟悉的聲音，緩緩轉過頭來，眨了一下眼睛。「已確認身分……恩賜早安，你能夠進入校園上課了。」

「木大哥是我們幫ＡＩ取的名字，他這麼辛苦幫我們看守校園，已經是學校裡的一份子了。」解釋完名字的由來，恩賜又接著問：「木大哥修理好之後就可以再回來嗎？」

兩名西裝男互相對視後，高個子的男子抿起嘴唇，對著同伴說道：「你看，現在的孩子已經被ＡＩ混淆得這麼嚴重，分不清楚ＡＩ只是幫助人類的工具，而不是人類。」

矮個子低下頭，徐恩賜被那副又大又圓的黑色墨鏡遮住了全部視野。「ＡＩ和冷氣、冰箱一樣，只是個產品，小弟弟你會幫冷氣和冰箱取名字嗎？如果不會，為什麼要幫這個ＡＩ取名字？你投入再多感情，它也不會回應你的。」

「才不是這樣！」徐恩賜直覺性的開口，卻又想不出什麼話反駁眼前的男子，只能看著他們把木大哥帶上卡車，排氣管噗噗的冒出一陣煙霧後揚長而去。

他忍不住喊出一聲木大哥，車斗上的木大哥聽見他的聲音後轉動了眼珠，明明是單純的回望，他卻從裡頭感受到某種複雜的情緒，記憶也隨之開啟……

他還記得第一天上學時由爸爸陪伴來到學校，聽見那沒有語調起伏的聲音向他問好時，他嚇得躲在爸爸身後。

爸爸笑著看他。「恩賜害羞什麼？快和警衛打招呼啊！」

可是他看了看一旁的同學，個個踩著輕快的步伐無視的經過，AI警衛的一聲聲問好就像一個個接觸到空氣後破掉的泡泡，沒有得到任何回應。

爸爸像是沒發現這種情況，又彎下腰對他說：「如果有人對你說早安，你應該怎麼做呢？」

可是ＡＩ不是人啊……小小恩賜把這句話藏在心中，不敢說出來。他抬頭看著正在向其他學生問好的ＡＩ警衛，就像忙得團團轉卻得不到掌聲的陀螺，他深吸一口氣離開爸爸背後，咚咚的向前跑了兩步，小聲的說：「你好，早安。」

對方竟聽見了他小得像螞蟻一樣的問候聲，回過頭對他說：「恩賜早安，今天氣溫二十三點五度，是個好天氣。」

他驚訝的睜大眼睛，明明是和剛才一樣沒有情緒變化的機械語音，卻成了一股暖暖的善意，澆灌在他幼小的心靈中。

「我們應該對身邊所有事物抱有善意，那麼善意就會流回自己的身上，你感覺到了嗎？」

爸爸的這句話也悄悄流進他的心底。人們會對大自然充滿感激，對於自己一手創造的作品，也該給予相同的情感啊！

如今爸爸不在自己身邊，請求通話也收不到訊號，難道爸爸又在閉關研究什麼重大發明嗎？徐恩賜走在操場跑道上，摸著右手手腕上的膚色手環，不仔細看還以為那只是一層皮膚，這麼「平凡無奇」的手環可是爸爸送給他的厲害禮物——微型智慧手環！爸爸曾答應每年生日時都會送他一樣禮物，今年他的生日又快到了，爸爸會準備什麼驚奇呢？

這輩子他收到的第一個禮物，就是爸爸幫他取的名字「恩賜」。

他出生時並不順利，媽媽為了生下他拚盡全力，好不容易第一聲啼哭響徹產房，爸爸激動抱著還是一塊小小軟肉的他給媽媽看，媽媽的最後一句話就是：「這個孩子叫恩賜，是上天賜給我們的禮物。」

媽媽看著他，露出最慈藹的表情，嘴角彎起像上揚的音符，隨時會奏出美麗的樂章。爸爸總是繪聲繪影描述媽媽對他的愛，但除了客廳櫃子上的那張照片，徐恩賜想不起來媽媽其他時候的模樣。

據說小時候爸爸曾給他看媽媽的各種照片，但他每次看到總會以哭泣收場。徐恩賜想，那時候的他大概是覺得羞愧吧？媽媽為了他付出生命，他卻什麼也沒辦法做。

到後來爸爸不再拿媽媽的相片給他看，媽媽也漸漸變成記憶中的一個名詞，除了早晚回家時習慣和媽媽的照片打招呼，其他時候關於媽媽的一切是模糊的，只有媽媽留下來的一本本相簿，他翻過後只覺得無聊，現在都已經是3D立體照片，而媽媽拍的那些平面風景照有什麼好看的呢？

比起對於媽媽的陌生感，他和爸爸便親近許多。從小到大，他跟著爸爸學習各種有關AI的知識，身為AI研究所所長的兒子，不可能不喜歡AI，長大後和爸爸一同研發AI是他的夢想，爸爸也常告訴他一些道理：

「恩賜，你不能總想著AI壞了再換一個，每個AI都是特別的，我們對它付出感情，那是一種對它的尊重。」

「當我們需要AI時，它陪伴在我們身邊，為我們做各種高難度高強度的工作，甚至撫慰我們的心靈。可是當我們一不需要它，便馬上棄如敝屣，這是不是太現實了？」

「如果有天福氣壞掉了，你也會毫不留情的將福氣拿去回收嗎？」

雖然福氣既嘮叨又死板，但當徐恩賜想像著福氣像那些廢棄的人型ＡＩ，隨意的堆疊在路口等待清理時，他心中就湧起一股難過。他們家福氣才不是只用型號稱呼的產品，難道人們不會對朝夕相處的人型ＡＩ產生感情嗎？

由於今早的意外和突然被勾起的回憶，徐恩賜一整天皆無法集中精神專心上課，但他發現其他同學對於木大哥的失蹤全無反應。

「ＡＩ警衛不見了？是不是被送回原廠維修了？」

「早上我晚了一分鐘進學校，沒想到今天是老師站在門口就放我進來，如果是ＡＩ我一定會被記遲到。」

「你們還在這裡說話？要準備上課了！」

少了一個人型ＡＩ，大家真的都不在意嗎？徐恩賜感到有些迷惘。

抱著失落的心情放學回家，剛接近社區，一陣吵鬧的聲音即傳進徐恩賜耳中：

「今天政府發布通知，所有民眾都要交出擁有的人型ＡＩ和智慧型電子裝置，家裡有家務機器人或長照機器人的都送來這裡，每個人身上的智慧光板也請交回。政府要在產品上加裝安全系統，沒裝安全系統的智慧型產品兩天後將強制斷電斷訊，請快點把家裡的產品拿過來登記！」

社區主委沈叔叔在社區入口擺了個攤位，向所有進出的居民進行宣導，這項措施自然引來了許多抱怨。

「少了長照機器人，我們夫妻倆都要上班，那誰來照顧我爸爸啊？」一名從外頭回來的中年婦女向主委抱怨著。

沈叔叔解釋著。「就暫時忍耐幾天，以前沒有AI的生活不是也度過了嗎？」

中年婦女嘆了一口氣。「唉，一旦習慣便利的生活就回不去了。」

要進入社區的徐恩賜也被攔了下來。

「恩賜啊，你們家裡的智慧型設備也要拿到沈叔叔這邊來。」沈叔叔憨厚的笑著交代。

「可是我爸爸還沒回家……」

「沒關係，等爸爸回來後你再和他說。他是ＡＩ研究所所長，一定也知道這件事。」

徐恩賜心不在焉的答應。

回家的路上，還聽得見遠遠傳來沈叔叔賣力宣傳的聲音。現在最新的社區都已蓋成一棟棟與天際線競高的建築，外觀看起來像一格格的抽屜堆疊而成，建築物內有自成一套的水電循環系統和布滿外牆的綠色植栽，一切看上去是如此新穎，不像他和爸爸住在即將要都市重劃的老舊社區，低矮的房舍和寬窄不一的道路，就像一幅小孩子的隨手塗鴉。

用虹膜辨識解開電子鎖後，還來不及踏入家門便被人拉到一旁，徐恩賜使勁掙扎想要擺脫箝制，卻像是兩隻蟹螯被架起的螃蟹，一身力氣全無用武之地。抓著他的人表情冷酷，只對他亮出了一張紙。

「我們是科學管理中心調查員，這是行政命令。我們奉命到徐博士家來找東西，請你配合調查。」冷冽的口氣像裝上刺刀的寒風，拉住他的男人和早上看到的那兩個人似乎來自同一個機關，不但是同樣的黑西裝黑墨鏡打扮，就連拿給他看的公文上面的印章也一模一樣。

從後頭又出現了三、四個人，他們氣勢洶洶的衝進家裡，福氣發現異狀想出來阻擋，這群人隨即拿出一根黑色棍棒，打開開關後往福氣身上敲擊，只聽見嗞嗞數聲，電子振盪器發揮作用，福氣的動作就像逐漸停擺的時鐘，最終停在了固定的時刻。

「福氣！」

徐恩賜大喊著，眼淚簌簌流下，身體成了一張軟軟的紙快要癱在地上，依然無法阻止這群強盜在各處翻箱倒櫃，只能眼睜睜看著溫馨的家被破壞得滿目瘡痍。

「報告，所有電子設備都已尋獲，沒發現其他線索。」

那些人拔走爸爸書房裡的所有電子設備，甚至帶走他上學時使用的智慧光板，確認沒其他智慧型電子裝置後才放開他。連一句道歉或安撫的話都沒有，這群人就像一陣猛然襲來的龍捲風，將一切攪亂後又自顧自的離開。

徐恩賜飛快的跑進家裡，照片裡的媽媽依然保有燦爛的笑容，但客廳早已被翻得慘不忍睹，爸爸的書房更是重災區，椅子倒了、書櫃上的書全被翻掃推落、每個抽屜都被撬開，爸爸保存的一本本相簿也散落一地。

他默默的收拾照片，雖然只是一張張平凡的風景照，但這些都是關於媽媽的回憶。現在有的照片印上了黑色的腳印，他用力擦拭照片，照片漸漸沾上了晶亮的淚珠。到底發生了什麼事，為什麼調查員要來搜查他們家？爸爸也好幾天沒有和他聯絡？

正當徐恩賜頹廢的坐在地板上時，視線正好對上前方的書桌，他眼睛一亮，想起去年暑假發生的事。

「老爸你又在看那些奇怪的節目了。」徐恩賜一回到家就聽見書房裡傳來哼哼唱唱，只要推開門，便掉入了戲曲世界中。

書房不知何時變成戲台，原本立在左右兩側的實木落地書櫃已然消失，取而代之的是垂落的黑色布幕，書桌則披上了大紅色彩，兩側還各自擺著一張椅子，而穿著古裝戲服的演員正站在爸爸身旁，比出蓮花指咿呀唱著——

按下暫停鍵，這些全部「關」了起來，書房剎時恢復原樣，書桌還是原來的深褐色，擺在一旁的椅子除了少掉一張外，也從紅色恢復成黑色。徐恩賜只見到爸爸站在正中央，雙手還拱成個特殊的抱圈姿勢。「比起平面的影像觀看，或者需要戴上眼鏡才能體會的虛擬實境ＶＲ，還是利用周遭環境進行投射的混合實境ＭＲ真實多了，這樣聽起戲曲來更過癮。」

「你不是研究科學的嗎？怎麼會聽這種老掉牙的東西？」

一提到爸爸的這項愛好，他仍覺得無法理解。走在科學最前端的堂堂徐英泰大博士，竟然對各種傳統戲曲著迷，還蒐集各種早已停止生產的藍光光碟，利用最新的混合實境技術再製。他彷彿看見爸爸穿了一套不合身的古裝，長長的袖子在地上拖來拖去掃地。

「這個東西可是大有用處呢！」聽見寶貝兒子這麼說，徐英泰反而露出笑容。「有時候借助古老的智慧，能夠幫我們解開未來的謎題，越簡單的東西反而有越深刻的道理。」

爸爸重新按下播放鍵，書房又變身為戲曲舞台，那些人物從另一個時空被放了出來，三三兩兩經過他和爸爸的身邊，徐恩賜不由得發出疑問：「他們是在演戲嗎？可是舞台上怎麼連個布景都沒有？」

「布景已經在你眼前了，就是那張桌子和那兩張椅子。」

看著那紅色木桌和椅子，他驚呼出聲。「不會吧？我演班級話劇時布景也沒有這麼簡陋，我還熬夜寫程式設計，畫出3D背景圖耶！」

「這『一桌二椅』的功用可大了，在戲曲中它包含一整個世界。受到這啟發，你老爸我的心血也是藏在桌子裡。」他的一聲輕哼似乎激起了爸爸的好勝心，爸爸走向書桌前。「不信？我拿給你看——」

徐恩賜憑著記憶走到書桌前，揭開上方覆蓋畫滿像電路板花紋的綠色桌墊後，竟有一小塊大約一個指頭大小的∀型碎片遺留在桌上。

他用拇指和食指拈起碎片，碎片在燈光照耀下微微發亮。

「∀在數學符號中代表『所有（ALL）』的意思，這枚晶片包含了爸爸畢生的心血結晶呢！」爸爸得意的笑容彷彿浮現眼前，徐恩賜朝手腕上的膚色手環一按，上緣竟掀開一個夾槽，他小心翼翼將晶片收納入內。

這枚晶片既然包含了一切事物，那麼晶片裡會不會藏著什麼線索？從事情發生到現在，這幾天逐漸累積在他心中的不安就像一顆炸彈，不知道什麼時候會爆炸。

如果福氣還能動就好了，起碼他多個可以說話的對象。徐恩賜把福氣搬移至牆邊，想藉由AI專用的電子牆幫福氣充電，但福氣的操作系統似乎故障了，過了許久仍然一動也不動。

他無法再等待下去了！將晶片藏入膚色手環中，望了一眼客廳中停擺的福氣，像以往出門時一樣，徐恩賜和媽媽的相片告別，毅然轉身大步往社區門口走去。

遠遠見到沈叔叔後，他快跑奔向前。「叔叔！」

請沈叔叔到了角落，徐恩賜確認四下無人後才低聲開口：「剛才科學管理中心的調查員闖進我家，把爸爸的許多相關研究帶走了。叔叔你和我爸爸是好朋友，知不知道這是怎麼一回事？」

沈叔叔搖頭。「我也是今天才接到政府的命令，聽說是ＡＩ運用出了些問題，政府才要全面回收電子設備加以檢查。調查員會帶走那些研究資料，說不定就是要拿給你爸爸參考的。」

「其實我剛才在書房裡發現一樣東西……」徐恩賜摸著自己手腕，他本來想交出晶片，但腦海中閃過方才調查員粗暴無禮的態度，在最後一刻猶豫了。

沈叔叔聽到這句話後瞪大眼睛，迅速重複徐恩賜說過的話：「你發現了一樣東西？」

看著沈叔叔急切的模樣，似乎也是為了爸爸而擔心，如果把晶片的事告訴沈叔叔，說不定沈叔叔會有辦法！

正當徐恩賜準備開口時，卻看見沈叔叔摀著耳朵痛叫一聲，一顆藍芽玻璃球耳機從中掉了出來。

只聽見耳機裡發出嘈嘈的聲音：「快問他拿到什麼東西……把他攔下來……」

聽到這段話，徐恩賜像想到了什麼，那股不安砰的一聲炸開來。他往後倒退幾步，和沈叔叔拉開一段距離。

沈叔叔還要再上前來，忽然徐恩賜聽到一聲——

「快跑！」

# 3 神祕男孩

腦筋尚未轉過來，身體已先一步下達命令，徐恩賜往右方小路跑去，一道身影從旁邊竄了出來，跑在他前面。

「跟我走。」

是剛才叫他快跑的那個人！

徐恩賜奮力跟上，身後傳來一陣陣急促的腳步聲。眼角餘光望去，穿著黑西裝的調查員也追了上來，成人的跑步速度終究比孩童快，眼見距離愈拉愈近——

「二十公尺後往右。」

那個人拉著他，轉彎時沒有減速毫不猶豫，好像早就知道右方有條寬僅五十公分的窄巷，更在接下來的過程中左彎右繞，徐恩賜甚至懷疑自己是跟著一台移動式GPS前進。在繞得頭昏眼花下，竟神奇

的將追趕他們的人甩開了。

「快點進來。」救命恩人在一棟建築物前停下腳步，建築物周遭圍繞層層黃色的警戒線，對方毫不在意鑽了進去，示意他趕快跟上。

「這裡安全嗎？」徐恩賜一邊問著，一邊跟隨男孩踏入建築物中。雖然不曉得科學管理中心的人為什麼要追他，但他是打定主意不會把東西交出去了。

用力喘了幾口氣後，心跳逐漸恢復正常頻率的徐恩賜才得以打量對方。他沒想到幫助自己的人是個和他差不多年齡的男孩子，方才明明和他一樣劇烈的奔跑，但對方看起來絲毫不喘，身上文質彬彬的氣質更一點兒也沒丟失，比起自己的狼狽，簡直天差地別。

男孩已往建築物深處走去，留下挺拔的背影，一陣聲音倏然在冷冰冰的空間裡響起：「我住在這裡。」

月亮從碎了一角的天窗露出頭來，清亮的光線落入久未經人使用的建築物裡，可以看見微微揚起的塵埃在光束裡打轉著。

離開黑漆漆的走廊進到主場館後，徐恩賜左顧右盼，不免發出了驚嘆聲。「這裡的空間好大，還有舞台，這裡以前是做什麼的？」

現在幾乎很難找到這種獨立的大型場地了，每個人都生活在像座孤島的完善社區中，網路的高效連結使人們已失去對於空間大小的概念，要辦什麼活動就用網路3D視訊串連，不用真實的面對面即能談笑風生。既然是在家就能達成的事，又何必出外多跑一趟浪費體力呢？

「這裡是廢棄的戲曲表演中心。」男孩開口說明。「因為人類對於科技產品的依賴，使得傳統戲曲日漸式微，傳統戲曲從以前的『世界非物質文化遺產』提升至『瀕危滅絕非物質文化遺產』。也因為沒有人再學習傳統戲曲及表演，戲曲中心從二〇四〇年起便宣告荒廢，如今即將被拆除。」

聽到這些訊息，徐恩賜簡直不敢相信。那些曾經在他家書房中這麼鮮活的影像，其實在現實生活中已經看不到了嗎？

「你可以先待在這裡休息。」

男孩說完話，已經隨意找了個靠牆的地方坐下，閉上眼一副真的要開始休息的樣子。

「你……為什麼要幫我？你又是誰，為什麼住在這裡？」一個疑問尚未解開，又有另一個疑問冒出頭來，他現在心裡亂糟糟的，根本不可能好好休息。

男孩睜開眼睛，似乎在整理方才的問話。「我叫徐禮，我被指定要幫你。」

「指定？」徐恩賜思索這奇怪的用詞，忽然靈光一閃。「是爸爸叫你來幫我的嗎？」

「是的。」

明明才剛和眼前這男孩認識，但一聽到他也姓徐，徐恩賜竟湧上股不可思議的熟悉感，好像他們從以前就見過面，不由自主的相信對方說的每一句話。

「那耳機的事情也是你做的嗎？你怎麼知道我有危險？」

「我能攔截一定範圍內的電子通訊。」

聽完這答案，徐恩賜差點高興得跳起來。「那你是不是能幫我找到爸爸！」

沒想到得到的卻是讓人失望的答案。「現在邦聯內的網路都受到邦聯科學管理中心監控，任意連上網，我們的行蹤便會被政府發現。」

好不容易燃起的希望再度熄滅，徐恩賜不由得垂下頭，但當視線掃過手腕時，渙散的眼神重新有了焦距。「那……這樣東西會不會有用？」

徐恩賜抬高自己的手，略微激動的說：「這是爸爸送我的手環，其實它是微型智慧光板，我從書房裡找到一枚晶片後便放進光板裡，也許晶片中有什麼線索。」

徐恩賜按下手環上的開關，連按了數次手環卻連一絲反應也沒有，難道是剛才逃跑時碰壞了？不會這麼倒楣吧！

試了好多次後，手環仍毫無變化，徐恩賜急得差點哭出來。「所有電子設備都被沒收了，這樣還要怎麼讀取晶片？」

「讓我來。」徐禮從他手中接過手環，放在自己的手掌上，用左手輕輕覆蓋。下一刻，一陣光影竟投射到前方舞台上。

廢棄的戲院開始發生變化，一群藍色光點逐漸構成平面，平面和平面交接構成立體物件……，徐恩賜彿感受到某種生物吼叫所帶來的振動和氣流，連窗戶都被震得嘎嘎作響，他發現一股氣流和光芒從徐禮手上開始滋長，一道模糊的影子緩緩成形。

「這是混合實境！混合實境能在現實世界裡建構虛擬變化的影像！」徐恩賜瞪大眼睛，這和他在爸爸書房裡看到的景象一模一樣！

「敬愛的程式使用者，歡迎你開啟遊戲程式『戲曲風華』。」方才那道模糊的影子已經聚積成形，留著蘑菇頭的年輕女性正微笑的看著他，胸前還掛著一台復古的單眼相機，讓徐恩賜感到格外親切。

「我是程式領航者賢賢，即將為你展開程式引導說明。」

賢賢手指頭一比，指尖落下處即出現一幅畫面，背景是一座斑駁的城牆，許多人物在畫面中走來走去。

「『戲曲風華』為冒險遊戲，在遊戲中有數道關卡，使用者在每一關皆需付出某樣東西才能通過，破關後才能脫離本程式。」

「等等！」徐恩賜打斷賢賢的說明。「這為什麼會是個冒險遊

戲？晶片裡記錄的不是有關我爸爸的線索嗎？難道這個程式裡沒有關於徐英泰博士的任何資料？」

賢賢在空中動了動手指，像是在查詢資料。「根據資料庫搜索，關鍵字『徐英泰博士』為本程式撰寫者，遊戲裡的設計皆是他留下的線索。」

這是爸爸設計的遊戲？裡頭還可能有線索？雖然狀況還是不清不楚的，但現在這是唯一的希望，說什麼也要闖一闖了！

徐恩賜往前走了一步，卻轉過身子伸出手。「阿禮，要和我一起去冒險嗎？」

聽到這個稱呼，徐禮微微睜大眼睛。「好。」

# 4 出發前夕

## 邦聯科學管理中心

同樣做為邦聯政府最重要的機構，科學管理中心和ＡＩ研究所一直是天秤的兩端，一個主張科技不應該過度發展，另一個卻完全相反。現在科學管理中心的白色會議室裡，卻出現了根本不可能出現在這裡的人。

「徐博士，政府這幾天內便會把所有人型ＡＩ回收處理，其他電子設備則裝上監控系統，避免ＡＩ連結你實驗室裡的終端機，進行自我升級及學習，我們可是阻止了一場大災難發生。」會議室裡，程靛正告訴徐英泰最新的外界消息，一邊觀察著對方的神色。「只是，你的兒子好像拿著什麼東西逃走了。」

徐英泰雖然遭到監管，但他曾是ＡＩ研究所的所長，也幫助過邦聯政府推行多項重要計畫，所以只是被「請」到科學管理中心裡，由管理中心監視他的一舉一動。

一聽到關於恩賜的事，原本安靜坐著的徐英泰雙手撐住桌面，猛力站了起來。「你們對我兒子做了什麼事？」

「你為什麼不問問自己對人類做了什麼？」程靛提起這件事，聲調也開始上揚。「你想要讓ＡＩ更進一步，導致人類滅亡嗎？」

「程所長為什麼這麼討厭ＡＩ？ＡＩ的發展已經快要一百年了，這一百年來人類並未因此遭受災難，反而在各方面受惠良多。」徐英泰不解的問著對方。

程靛冷哼一聲。「過去科學家曾經發現，兩台ＡＩ用人類所不懂的程式語言進行交談，關於ＡＩ可能反過來控制人類的猜測也層出不窮，十部科幻電影裡有八部都這麼演。你們這些堅持要發展ＡＩ的人，不怕這些事情成真嗎？」

徐英泰搖頭，說起一個故事。

「許多科學在發展之前，都曾被質疑過。例如在二十世紀奪走超過三億人性命的恐怖疾病天花，曾經被形容是『最恐怖的死亡使者』，一個正常人染上天花之後，全身會陸續出現紅色斑點，不久後形成膿皰，最後導致死亡。直到金納醫生發明了接種牛痘的方法，才使人們擺脫天花的威脅。牛痘是一種牛生的天花，可以傳給人，一些擠牛奶的女工無意中接觸患有天花的牛隻的膿漿，之後手上開始出現小膿皰，身體微微發熱，但隨即很快康復，從此終生不會再罹患天花。金納醫生認為這是解救人類免於死亡的解藥，他想推廣這方法時，卻受到許多人質疑，有些人認為天花的流行，是上帝要懲罰某些人特意安排的，人類不應該阻止天花的傳染，甚至有人認為『種牛痘』才是引起天花流行的原因。」

說到故事結尾，徐英泰加重了語氣。「金納醫生經由反覆實驗，證明了種牛痘的確是抑制天花的方法，現在我們每個人的手臂上都有種牛痘的痕跡，因此避免可怕的疾病。如果所有人光憑猜測，而不是依據科學實驗結果來做事，現在我們的世界又會是什麼模樣？」

程靛也是科學專業出身的人士，他自然知道徐英泰說的道理，只是……程靛摸了摸自己右眼，陷入了沉思。

「我們是政府人員，不會去傷害一個未成年兒童。只是他可能誤會了我們的來意才慌張逃走，也不曉得躲到了哪裡，是不是餐風露宿，有沒有地方可以休息？我想徐博士也希望兒子平安吧。」思考之後程靛嘆了口氣，用著平穩的語調說著：「只要徐博士告訴我們藏起來的是什麼東西？那東西有什麼功用？我們便會放徐博士回家。」

徐英泰垂下眼，盯著桌面許久，才發出沙啞的聲音。「好，我說。」

「——可是，我要當面告訴主席這一切。」

＊　＊　＊

「今天晚上先休息比較好。」眼看徐恩賜就要進入遊戲中，徐禮攔住躍躍欲試的男孩。「一旦進入程式裡，必須破關後才能出來，進去前要先將身心調整至最佳狀態。」

「真是的，哪有遊戲設計得這麼沒人性？真不知道爸爸在想什麼。」雖然這麼抱怨，但一想到進入遊戲裡就可以解開爸爸留下的謎題，徐恩賜的嘴角仍然帶著笑意，餓扁的肚子似乎也不再這麼難受了。

徐禮將手環扣回自己手上，所有的虛擬影像瞬間消失，戲曲中心恢復成原本的模樣。眼看徐禮要走出禮堂，徐恩賜連忙喊住他：「你要去哪裡？」

「我去打開戲曲中心裡的智慧水電表，等下你可以使用電燈和熱水洗澡。我還要去街上採購一些生活必需品。」

徐恩賜愣愣看著徐禮，明明是差不多的年紀，徐禮卻是這麼成熟穩重，任何事情都難不倒他，相形之下自己真像個長不大的孩子。

「那我和你一起去。」

徐禮毫不猶豫的拒絕。「你的臉會被認出來。」

將徐恩賜留在戲曲中心，徐禮一個人來到街上。

今晚街上燈火通明，資訊投影牆上如火如荼報導著政府強制徵收民間電子設備的新聞，科學管理中心所長也現身說法：「我們都知道，ＡＩ是依靠數據而產生反應，我們只要給它固定的模組和程式，它便會做出相對應的判斷。可是現在ＡＩ有了自主學習的可能，這就代表輸入Ｘ原本會得到Ｙ，能夠自主學習的ＡＩ接收到Ｘ，它做出的判斷卻可能是Ｚ，例如它認為自己已超越人類，於是自我解除我們安

裝在它身上安裝的種種保護程式，選擇傷害人類，這樣一來我們還能再信任AI嗎？

「所以，請所有邦聯公民繳回你身邊的人型AI吧！我們不能讓AI掌控我們的生命！」穿著白袍的程靛大聲疾呼著，在3D立體投影的呈現下彷彿特別有震撼力，其他來賓也紛紛發言，熱烈討論這項政策將帶來的利弊。

徐禮注視了資訊投影牆好一陣子，才繼續往目的地前進。

強調二十四小時不休息、服務迅速便利的大賣場，今天晚上卻被民眾塞得水泄不通，個個要擠進裡頭買東西。

以往大賣場都是由AI店員幫忙，從產品解說、搬運到結帳的一條龍自動化服務，消費者只要讓AI店員掃瞄掌紋，就能進行雲端付款；但現在ＡＩ店員全面回收，網路通訊也遭到禁止，自然沒辦法透過雲端支付的方式付款。大賣場只好緊急調派數十名人類員工到賣場，封閉已無法使用的電子結帳通關，改用人工結帳的方式處理。

長長的人龍像一條望不見盡頭的尾巴，店員拿著計算機手忙腳亂的算著各種東西的價錢，有的顧客將零錢倒在櫃台前，計算四個十元加五個五元夠不夠買六十五元的芳香劑？整間賣場裡鬧哄哄的，還不時聽到有人抱怨：

「沒有ＡＩ，我們要怎麼生活啊？」

「聽說政府打算全面廢止ＡＩ相關設備，所以大家才一窩蜂到賣場搶購，誰知道ＡＩ退出我們的生活後會變成什麼模樣？」

「少了ＡＩ幫忙，就得多請人幫忙多付薪水，許多東西肯定會漲價變貴！」

「這政策真愚蠢，看看我們已經排隊排了多久？政府真是吃飽沒事做……」

仍在排隊的人們交頭接耳討論著，一時間彼此親近了許多。自從科技全面占領人類生活後，人與人的距離越拉越遠，許多時候人們交流的對象只有冰冷的螢幕，而像現在面對面談天的時刻已經越來越少，只要在面臨失去的危機時，人們才彼此靠近。

徐禮看了看人潮擁擠的大賣場，放棄在這裡採購的念頭，決定尋找下一個目標。

街上的便利商店也陷入同樣情形，民眾忙著將用得到的東西裝入一個又一個籃子中，店員結帳的手未曾停過，接連路過了好多家皆是如此。

唯有一家便利商店卻空無一人，那是一間自助便利商店。

自助便利商店和一般的商店不太一樣。為了增加業績，一般商店裡仍會使用ＡＩ店員招呼顧客，根據研究報導，人們還是喜歡光臨有店員溫馨問候的店面，所以自助便利商店從前幾年便開始落沒。當政府徵收電子產品的消息一發布，這些自助便利商店也開始聘請店員，但眼前這家店的店主似乎還沒反應過來，大門上熱烈寫著歡迎光臨，店裡卻沒有任何店員，徐禮一腳踏入商店中。

自助便利商店裡的商品是透過牆面上的３Ｄ投影銀幕顯示，需要任何東西時便按下智慧光板上的按鍵，結帳完成後商品即會從出物口送出。徐禮迅速在面板上點選用得到的東西，按下確定鈕後，甜美的女聲發出提醒：「商品核對完成，請在自動結帳機前刷入掌紋。」

徐禮伸出手，覆蓋在自動結帳機的掃瞄儀上，不一會兒提醒聲音再度響起：「結帳完成，歡迎下次光臨。」

當徐禮把所有東西帶回去時，徐恩賜正好洗完熱水澡，正舒服的伸著懶腰。

徐禮走到徐恩賜身旁。「吃東西。」

一顆肉鬆飯糰遞到面前，徐恩賜接過去後，不禁回問徐禮：「你吃過了嗎？」

「我飽了。」

徐恩賜看著徐禮帶回的大袋子猶如百寶袋，可以從裡頭抽出枕頭、棉被，還有吃的用的穿的，不曉得有什麼東西是拿不出來的。「背著這麼一大袋回來不會很累嗎？你怎麼有錢買這麼多東西？」

「我必須保護你的人身安全，其中包含生理需求。」徐禮連眼都沒眨，繼續回答第二個問題。「我入侵了電子帳戶，並在網路裡設上加密程式，等政府人員發現異狀時遊戲已經破關，我們早就前往下一個地點。」

徐恩賜對於徐禮的崇拜又更上一層樓，看來他遇到的不只是百寶箱，還是電腦高手，有這樣的人在身邊，危機一定皆能迎刃而解。

吃飽喝足後，徐恩賜感到有些疲憊，找了個舒服的姿勢沉沉睡去。

而徐禮沒睡，只是靠著牆壁睜開一雙眼睛，靜靜的望向夜空。

# 5 遊戲開始

「使用者是否確認進入程式？」

做好所有準備後，徐禮開始讀取晶片。在早晨的晨光中，賢賢再度現身，問了和昨晚一模一樣的話語。

如果能早一些和爸爸見面，那就做吧！徐恩賜大喊著：「好！」

向賢賢傳達進入遊戲的意願後，周遭環境開始發生變化。等瀰漫的煙霧消散後，他看見原本空蕩蕩的戲曲中心舞台上出現了五個人。

其中四個人打扮一模一樣，不但臉上塗得白白的，頭上戴著一頂紅色的尖帽，全身也穿得像紅包袋，胸前的圓形圖騰近看才發現是個大大的「囍」字。

他們列成一個方陣走出場，在舞台左側蹲下，接著大喊：「大姑娘上轎囉！」

那位「大姑娘」實際年齡看起來才十四歲左右，頭上插滿釵子，穿著一身紅色嫁衣，面前還蓋著塊紅布。徐恩賜想起他曾看過的歷史書籍——戲台上演的這一幕，是古代女孩子要出嫁上花轎吧！

只是轎子在哪呢?徐恩賜想起他看過的戲劇，要演嫁娶的戲碼一定要抬出一頂真的轎子，混合實境應該能藉由光線折射原理在舞台中央「搭」出一頂轎子，但現在台上只有四個轎夫和一名新娘，這戲要怎麼演下去？

只聽大姑娘哼哼兩聲，右手往空中一撥，徐恩賜只覺得這動作很眼熟，卻不知道代表什麼意思。「她在做什麼？」

徐禮適時的解答這問題。「她在撥開轎前垂下的簾子，準備進入轎裡。」

所以現在舞台上已經有轎子了嗎？他怎麼會看不到？難道這是童話故事《國王的新衣》裡的劇情，只有聰明的人能看見？

徐恩賜又轉頭向徐禮求救，徐禮似乎沒收到他哀求的目光，他只好不自然的輕咳一聲。「那個……為什麼我沒看到轎子？」

「舞台上並沒有花轎，只有演員做出進入

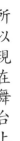

花轎的動作，剩下的由觀眾自行感受。」

聽了徐禮的解釋，又仔細盯著舞台看了看，是啊！他要撥開家裡垂掛的門簾時，就是像方才大姑娘這般動作。徐恩賜這才感到有意思了些，繼續往下看。

大姑娘站進四個人圍起的正方形中心點後，轎夫嘿喲一聲，代表轎子準備出發了。四個轎夫手往上抬，像是用雙手扛著長長的轎擔，大姑娘隨著這動作顛了一下。

「花轎起動——」

隨著這聲大喊，轎夫雙手擺在胸口像划槳一樣、雙腳開始踏步，接著小跑起來，左右、左右——四個人極有規律的往同一方向搖晃，

就像行走在顛簸的石子路上，轎裡的大姑娘兩隻手往外翻起頭上的紅蓋頭，身體跟著節奏一起小跑，唱著：「府門外三聲炮花轎起動，周桂蘭坐轎內喜氣盈盈。武狀元把我娶，文狀元把我送，大姑娘我今日八面威風——」

四個轎夫所站位置由原本的正方形慢慢變成平行四邊形，再以大姑娘為中心形成一條斜線，這明明不符合轎子實際的運動原理，可是徐恩賜知道自己看到了！沒有背景、沒有道具，只有四個人不斷變換斜線方向的舞台上，他的腦袋瓜裡卻自動架構出這樣一幅景象：一個準備出嫁的新娘子受不了悶熱摘下紅蓋頭，坐在轎子裡一副快要「昏轎」的模樣，而轎夫賣力趕路，走過了石子路，一下加速一下急煞，簡直是「人力超跑」，接著還得上坡！

四個小跑著的轎夫身子微微往後仰，大姑娘唉喲唉喲的邊跑邊叫，兩手長長的水袖甩成了大大的方形；後方的兩個轎夫跑著跑著，身體往後傾斜越跑越矮，最後一個轎夫咚一聲跌到地上，雙手還不停的努力加速著——唉呀！要扛著轎子上坡也太艱辛了吧！

這大姑娘的脾氣也不怎麼好，在轎子裡像顆沙包一樣顛來倒去的，害她撞了頭又揉了腰，一氣之下便和轎夫唱反調。轎夫往東她偏往西，轎夫走得平順時她偏要在轎裡蹦蹦跳跳，像一隻關不住的花栗鼠。

轎夫用盡全力，嘿——嘿——的努力吆喝晃動轎身，想要教訓一下這搗蛋鬼。誰知道他們太小瞧對手了，大姑娘像彈簧一樣砰一聲跳得老高，再重重落下，差點把轎底坐穿，震得四個轎夫全部跌坐在地四腳朝天，紛紛搖手投降。這時大姑娘笑彎了腰，掀起轎簾後指了指轎夫——

「卡！」

徐恩賜正看到最精彩處，竟然被人打斷，心不甘情不願的從這歡樂氣氛裡抽身。只見舞台右側一道身影走了出來，對著飾演大姑娘的演員說：「小玲，妳氣息亂了，後面的唱詞唱不出來了。」

叫做小玲的女孩低下頭，臉色不知是因為方才不停歇的演出或是羞愧，已經漲得通紅。「老師對不起。」

「這段〈抬花轎〉本來就不容易表演，體力要好，基本功要扎實，邊唱邊跑邊跳二十分鐘都不能休息，依妳的年紀已經學得很好了。」汪老師溫和的安慰著。

「可是我還是沒演好，過不久就要正式演出了……」小玲的眼睛裡蓄滿了淚光。「這次的演出關係著劇團的顏面，演得好所有觀眾都會記得我們；如果我演不好，觀眾以後怎麼會來看戲？」

汪老師像青竹一樣挺立的背脊微微折彎，她親切拍了拍小玲。「妳要學著放輕鬆，克服自己的緊張，緊張是最大的心魔。」

畫面凝結在這一刻，進入遊戲後便消失無蹤的賢賢突然現身——

「任務說明：主角小玲所在的台灣豫劇團即將面臨解散的危機，唯一挽救的方法是在之後的正式登台演出大獲成功。但當天小玲的登台演出將以失敗收場，使用者必須改變小玲的結局，才算過關。」

徐恩賜玩過不少遊戲，還沒聽過冒險遊戲是這樣玩的。「這到底是什麼奇怪的遊戲？」

面對玩家的抗議，賢賢還是保持一貫的微笑，徐恩賜不知不覺把抱怨吞回肚子裡。

只聽見徐禮開口了。「要怎麼做才能改變小玲的結局？」

徐恩賜轉頭看著自己的同伴，這時候還能抱持冷靜的態度問出關鍵問題，和阿禮一起進入遊戲真是太幸運了。

賢賢笑著回答：「本引導說明只在可允許範圍內進行協助，不具有答案提示功能，請使用者自行摸索。」

徐恩賜不滿的瞪著賢賢，這回答還真ＡＩ！

說明結束後，畫面又跳到了另一場景，是小玲換下戲服，穿著短袖短褲跑了出去。

「現在時間是冬天吧？她穿這樣出去沒問題嗎？」徐恩賜搓了搓自己雙臂，混合實境不但連眼前景物都能如實呈現，就連各種神經感覺也非常擬真，像現在他便感到一陣陣冷風吹得手臂紛紛冒起雞皮疙瘩。

「喂，妳等一下。」徐恩賜跟在小玲身後大喊，但對方絲毫沒有回應，他加速衝到小玲面前想攔住對方，小玲竟然穿過他的身體繼續向前跑——

「天啊！她看不到我！我在這遊戲中的角色是鬼魂嗎?!」

# 6 幫助小玲

跟著小玲的步伐，鬼魂徐恩賜和徐禮也跟著小跑步離開劇團，從小路至大道，最後映入眼簾的是他從未見過的廣大湖泊。

「這是哪裡？」

「這裡是三十年前的高雄蓮池潭公園，因為潭水遍植荷花而聞名，也曾經是著名的觀光景點。」跟在身後陪跑了二公里多的徐禮，適時解答徐恩賜的疑惑。「但在二〇三〇年，高雄以南遭遇大海嘯而沉入海中。」

「那不就是台灣版消失的亞特蘭提斯？我們怎麼會來到這個地方？」

「西元一九五三年，當時的中州豫劇團來到高雄左營區落地生根，經過了數十年發展成為台灣豫劇團，也是全台灣僅有的豫劇團。」

《戲曲風華》既然是以台灣豫劇團為背景，我們便有可能來到尚未沉沒前的高雄。」徐禮彷彿百科全書一般，講述出這段歷史，但徐恩賜的注意力全被眼前的景色所吸引。

徐恩賜瞪大眼睛，不禁發出一陣驚嘆。「蓮池潭太美了吧？這裡的蓮花竟然開得這麼茂盛，真的是一片『花海』，蓮花還沿著長橋一路開到湖心中央耶！」

徐禮繼續介紹著：「蓮池潭潭面面積約四十二公頃，周長四公里，由南而北分別有舊城、龍虎塔、春秋閣、孔廟等景點可以遊玩。位於潭心中央的是五里亭，總共有兩層，從二樓的觀景台上往周圍望去，可以看見蓮池潭的全部風貌。」

從此處放眼望去，陽光煦煦照耀，湖面波濤像一條條翻捲的銀色絲線，不斷推動著池畔的荷花往湖心擠去，就像無數穿著蓬裙的女孩跳著舞。五里亭則是被熱烈追求的孤高王子，亭簷微微翹起，鋪在簷上的瓦片閃現璀璨的金光，它一方面撥弄和藍天拉成一線的湖水，一邊等待著命中注定的女孩前來。

而小玲正在接近這驕傲的王子！

徐恩賜眼尖發現後，趕快拉了拉身邊的徐禮，興奮的說：「我們快點跟上！」

沓沓的腳步聲在長橋上響起，豆大的汗珠從小玲額角滑落，但她來不及拂開，只一味的向前跑。進了五里亭後，小玲跑上旋轉樓梯，到了二樓觀景台上。

這時徐恩賜也爬了上來，忍不住氣喘吁吁。他暗暗抱怨，這遊戲

的破關難度一定是S級，還沒見過連鬼魂都要跑步，一點當阿飄的特權都沒有！

小玲的模樣比徐恩賜輕鬆許多，深呼吸數口氣後，已經調適好自己的氣息。這時小玲對著湖面，將雙手放在肚子上，打開喉嚨喊了起來：「唔——咿——啊——」

這些拉長音的字成了一階階攀高的音階，從低音Do一路上升到高音Sol，攀到最高處後，噗通一聲一顆顆落入了池中，震得池水一圈圈往外擴散開來，湖面上充滿小玲的回音。

小玲的嗓音像春天嬌嫩的青草，剛冒出芽柔柔軟軟的，卻又堅毅不屈。徐恩賜閉上眼睛聽著小玲喊嗓子，一邊陶醉的問著：「徐禮你覺得呢？」

「小玲的發聲有問題，她的高音會唱不上去。」

聽到徐禮這麼沒感情的評論，徐恩賜不滿的睜開眼，下一刻變故卻發生了！

原本練習得很順遂的小玲，喉嚨忽然咳了一聲，圓潤的高音碎成了一顆有裂痕的玻璃珠，就連徐恩賜這個外行人也聽得出來其中的瑕疵。「怎麼會這樣？」

「她的心跳太快，表示現在正處於緊張狀態，呼吸的頻率便產生問題。」徐禮看著小玲停下練習，難過的抱膝掩面，仍繼續評論：「戲曲演唱是用腹部的力量，將吸進來的氣儲存於小腹，再緩緩吐氣。但她呼吸的時候是先收縮小腹，吸進來的氣不足，發出的聲音便停於胸腔，不能運用自如。」

「難怪賢賢說她上台的時候會失敗！」徐恩賜想起劇情任務，更覺得著急了。「小玲看不到也聽不到我們，那要怎麼幫助她？難道要托夢嗎？」

徐恩賜忍不住湊近小玲，不斷的在面前揮手動腳，卻只看見自己的手像瀕死掙扎的透明水母。「喂喂喂，看得到嗎？拜託妳看到吧！」

「妳的吸氣方式不對！趕快改一改啊！」見小玲還是沒反應，徐恩賜抱著死馬當活馬醫的心態，拉著一直不說話的徐禮上前。「徐禮你告訴她哪裡不對，你的解釋比較清楚——」

被徐恩賜拉上前，徐禮對著小玲開口。「呼吸時身體要放輕鬆，像聞花一樣用鼻子和舌尖間隙自然鬆暢的輕輕吸，吸飽後把空氣放在腹部，慢慢放鬆胸肋，使氣像細水長流般徐徐呼出……」

「咔擦！」一陣類似照相機快門按鍵的聲音響起，接著是賢賢發布系統公告的甜美聲音：「使用者付出『善心』幫助他人，恭喜通過任務考驗。即將解除鬼魂狀態成為真人，請使用者繼續努力探索。」

空間裡似乎有什麼東西被打破了，徐恩賜感覺到身上有一股無形的枷鎖被解開，身體不再是若隱若現的透明狀態，而是漸漸變得具體——

「剛才是你們說話嗎？我好像聽見你們在談發音的問題？」小玲抹去臉上的疲憊抬起頭來，對已經成為真人的他們發問。

徐恩賜頭上冒出一堆問號，雖然搞不清楚現在是什麼狀況，唯一清楚的是剛才真的是他們在說話。「那個……我們來逛蓮池潭時，正好聽到妳在練嗓，妳要不要試試看，吸氣的時候自然一點，不要太緊張。」

「什麼？」

見小玲聽不懂他的意思，徐恩賜直接把徐禮推上前。「阿禮你教小玲。」

站到小玲面前，徐禮一點也沒剛才的長篇大論，而是將手放在身體兩側肋骨的位置，接著深呼吸一口氣，喊出：「啊——啊——啊——」

徐禮的高音就像冉冉升上天際的一輪滿月，聲音圓潤而厚實，最後滯留在最高點，光芒遍灑大地。

小玲也隨著這一陣喊嗓子，深深倒吸一口氣，接著瘋狂鼓掌。

「太厲害了！你是學聲樂的嗎？」

得到稱讚後，徐禮沒露出驕傲的神色，而是和小玲說：「呼吸時改掉先偷吸一口氣的習慣，試著將兩隻手放在肋骨旁邊，身體放鬆，在吸氣和呼氣時都要感覺到兩邊肋骨往橫向擴張，這樣可以增強肺活量，也可以改善小腹緊縮的狀況。」

「是嗎？我試試看。」

照著徐禮的方法做了一遍，小玲也驚喜的感受到自己身體的變化，能拉出的音變長了。「我知道訣竅了，明明只是個小地方以前卻沒注意，難怪老師常常說細節必須做得仔細……」

小玲看著他們，眼睛裡是閃亮亮的色彩。「為了感謝你們的幫忙，要不要到我們劇團參觀一下？」

這是和小玲拉近距離的大好機會，徐恩賜毫不猶豫答應：「當然好！」

# 7

# 一桌二椅

「老師，我帶回兩個新朋友來參觀劇團。」小玲帶著他們回到劇團裡，興沖沖向自己的老師介紹著：「這是徐恩賜，這是徐禮。阿禮很厲害，他好像受過專業的音樂訓練呢！」

「歡迎你們來，我是台灣豫劇團藝術顧問汪海麗，你們對傳統戲曲有興趣嗎？」汪海麗穿著一襲湖綠色長袍，在舞台聚光燈的照耀下，千萬束光線成為她的背景，只看得見像青竹一樣秀挺的身姿。

在這麼具備明星氣質的汪老師面前，徐恩賜瞬間成了拚命點頭的小粉絲。「我以前和爸爸一起看過幾次，但不是很熟……」

「藝術源自於生活，戲曲是將我們平常的行為加以美化、舞蹈化，展現出對於生活的感受。說起來，戲曲就像是一首行動的詩，有時候它需要一點想像、一點咀嚼品味，就能發現它的美好。」

汪海麗帶著他們到表演舞台上，看到眼前的紅色木桌和長背椅子，徐恩賜眼睛亮了起來。「爸爸常和我說一桌二椅代表戲曲世界的全部背景，汪老師這是為什麼？」

「這是傳統戲曲裡獨有的特色，已經傳承了幾百年，可說是自成一格的表演體系。戲曲的舞台講究虛實相生，才能發揮更大的創造力。簡單來說，就是用『已有的』加上『沒有的』，組合出『所有的』。」汪海麗笑著看向他們。「不如我來示範一下？」

只見汪海麗走到舞台中央，右腳微微挪後僅用腳尖支撐，輕輕皺起眉頭，全身看起來弱不禁風，彷彿已變成另一個人。接著汪老師將掌心向前推出，右手向右轉了一百八十度，像是拿著什麼東西往右側推開，推完後十指指尖做出蓮花狀，將身體和手皆向後縮，雙手順勢往內畫出一個半弧形。最後右手揚起左手插腰，眼神往右邊尋又往左邊找，沒找到要的東西時只好嘆了口氣，轉身走向木桌，坐上了一旁的椅子，口裡逸出一聲悠悠綿綿的「呀——」

「你們看得出來老師在演什麼嗎？」小玲好奇的想知道戲曲新朋友的答案。

看著眼前的桌椅，想著汪老師剛才的動作，徐恩賜忽然福至心靈。「老師剛剛在開門！她把兩扇門往內拉，門就開了！」

汪海麗含笑點頭。

徐恩賜還是有點不明白。「可是剛才手往右邊推的動作代表什麼？」

「戲曲裡的門和我們現代的門不太一樣，古代的門是左右各一扇，為了避免外面的人可以隨便推門進入家中，所以在門上會放置一根橫木，那就是門閂，也可以說是古代的門鎖。」汪老師說出解答。

「方才我演的是個期盼丈夫回家的女子，而古代女子纏小腳，所以站的時候要營造出一種柔弱感。你剛剛看出來了，我把門打開，可是這舞台上沒有真的門，而是靠你的想像力和我的手部動作共同建造出這扇門，這就是『已有的』加上『沒有的』，組合出舞台上所有的變化。」

「你想想看，如果我真的把一扇門搬到舞台上，你會不會覺得有了門之後應該有牆壁？有了牆壁後房間裡應該有些裝飾，可能是掛幅畫或者鋪地毯，還是要拿個花瓶插花……接著東西越加越多，舞台越來越笨重，那乾脆拉一台攝影機直接到真的房間裡去拍攝好了。」

聽著汪老師的描述，徐恩賜想像了一下那景象，加上這麼多笨重的東西，就像一個演員親手釘了一座監牢，最後還是自己伸手把牢門關上，欣喜的待在那華麗卻沉重的空間裡。

「所以在有限的空間裡，我們就要創造出無限的可能性，這一桌二椅就是把有限變無限的道具。你剛剛看到的桌子就是桌子、椅子就是椅子，可是有時候這個桌子不是桌子，椅子也不是椅子。」汪海麗開始搬動木桌和長椅，徐恩賜想要幫忙卻被制止了。

「你仔細看這桌椅是怎麼擺放的。」

剛才展現客廳的擺法是桌子放在正中央，桌側各擺著兩張椅子；現在汪老師將桌子轉了四十五度角，斜放在舞台上，椅子則和桌子靠攏，但轉了方向用椅背面向觀眾。

這時汪老師一個箭步跳上椅子、踩上桌子，兩腳分開穩穩站挺，右手握拳擺在胸前，大喝一句：「燕人張翼德在此！爾等戰又不戰，退又不退，是何道理啊！」

「是《三國演義》的長坂坡之戰，趙雲帶著阿斗撤退，張飛負責斷後，把曹操的大軍嚇退了！」電玩《三國誌》都已經從最古老的桌遊電腦遊戲，出到現在第三十六代的3D立體投影模式，徐恩賜當然也玩過，甚至還讀過《三國演義》小說呢！「所以現在一桌二椅已經變成了長坂橋嗎？」

「配上台詞和動作，這背景就不難想像了吧。」汪海麗從桌子上跳下來，又從暴躁易怒的張飛變回優雅迷人的汪老師了。「一桌二椅依照擺放的方式不同，可以變成許多東西。你們也來試試看？」

汪老師做了個「請」的手勢，徐恩賜為難的走向桌前，這一桌二椅還能變成什麼啊？他左右看了看，下一刻將兩張椅子的椅背靠向桌子兩側，藉著椅子踏到桌子上大笑：「哈哈哈，我齊天大聖孫悟空征服了五指山！」

「做得好！」一旁小玲熱烈的鼓掌，汪老師也露出滿意的笑容。

換徐禮時，徐禮只將一張椅子拉到正中央，用單腳跳到椅子上後又跳下來，接著低聲開口：「我在跳井。」

徐恩賜瞪大了眼睛，他排的桌椅造形至少和山的形狀有些相似，而阿禮直接用椅子當成一口井，不是跳進去而是「飛」了過去，這樣也行嗎？

「好！」這回換成汪老師拍手，並用讚賞的眼光看著徐禮。

看到阿禮這樣子也能通過，徐恩賜便放大了膽子，開始嘗試各種擺法。他將一張椅子堆疊在桌子上，接著跳上另一張拉遠的椅子，舉手遠眺露出緊張的神情：「報告船長，前方東北東有座冰山，建議船舵往左轉三十七度，我們才能平安通過冰山群……ok，順利通過冰山！夥伴們，讓我們一起航向偉大的航道吧！」

他站在高入雲霄的船桅上，看著腳下最厲害的海賊船乘風破浪，彷彿已經化身為經典動畫裡熱血滿滿的主角，腦海中是再也清楚不過的線條和畫面，建構出眼前這片遼闊的風景。

望著他們樂在其中的模樣，汪老師的聲音裡有著毫不掩飾的欣喜。「看來你們感覺到了，雖然我們不使用實際的背景，但觀眾的眼中已經出現斷橋、大船或者高樓，在有限的空間裡產生無限的想像，這不是件很美好的事嗎？」

有限的空間裡產生無限的想像！聽到這句話的徐恩賜差點驚呼出聲，戲曲世界的原理和混合實境的原理竟然是一樣的，他現在所在的《戲曲風華》中，不就是透過了戲曲中心這個空間，再覆蓋上各種虛構的景物而形成的嗎？只是戲曲世界是透過大腦想像景物，混合實境則將這些景物在三維空間裡變得具象化。

古代人怎麼會有這麼厲害的思維？相較之下，他竟覺得現下最流行的混合實境有些「遜」，這想法竟然落後最早的發明者幾百年呢！

「咔擦！」熟悉的快門聲再度響起，伴隨著賢賢甜美的聲音：

「想像力就是你的超能力，使用者付出『想像』進行創造，恭喜通過任務考驗，系統將依據你的想像力進行整體視覺升級。」

話音剛落，徐恩賜就發現眼前的景象變得更清晰，原本單調的色彩如今可以看得出漸層，隨著角度不同還可以看見反射出的顏色光澤，就連汪老師的笑容也看起來更和藹可親了。

剛沉浸在破關的喜悅，還在四處張望的徐恩賜又聽到汪老師問：「我看你們好像對戲曲越來越感興趣了，還有什麼想了解的嗎？」

想到接下來要問的問題，徐恩賜不由得抓了抓頭。「其實以前我只在課本上讀過有歌仔戲和京劇，從來沒聽過豫劇……汪老師，豫劇是什麼？和其他的傳統戲劇又有什麼不同？」

「戲曲世界其實是個大家庭，不管是歌仔戲、京劇和豫劇，只要是用歌舞表演故事，都是戲曲的一環。豫劇最早來自中國的河南地區，是一種表現情感激昂奔放的劇種，在數百年的演進中不斷吸收各種劇種的長處，直到我們劇團在台灣落地生根，吸收了這塊土地的養分，就成為台灣化的豫劇。」

「台灣化的豫劇？」徐恩賜喃喃重複這個詞。

汪老師點點頭。「起初我們是這塊土地上的外來者，但不知不覺成為這裡的一份子；我們用著傳統的腔調，創作演繹著屬於台灣的故事，再過幾天你就會看見我們的精彩演出。」

汪老師一說完話，遊戲的第二項任務也緊接著發布——「請想辦法留在劇團裡，一直待到小玲登台演出的當天為止。」

聽到賢賢的話，徐恩賜卻有些發愁。雖然他們的目的的確是要接近小玲，但這要求太勉強了，汪老師為什麼要收留毫無關係的他們呢？

「請問可以打工換宿嗎？」徐禮忽然問汪老師：「我們想留在劇團裡七天，這期間我們願意付出勞力以換取吃住，不知道您是否同意？」

汪老師想了想，意味深長的一笑。「當然同意，我們正好缺兩個走路工呢。」

# 8

# 喂！跑龍套的

徐恩賜是第一次聽到「走路工」這個名詞，難道這又是戲曲世界的專業術語？直到汪老師將他們帶到舞台角落，指著前方：「你們等下繞著舞台，開始走圈圈吧。」

不知道這是要做什麼，徐恩賜正要跨出步伐，就被汪老師喊停。「用你們平常走路的方式可不行，先面對觀眾席，把腳站好。」只見汪老師抬起右腳。「抬頭挺胸，先把右腳打橫，放在左腳後面，兩腳成九十度，看起來像個『丁』字，這便是戲曲裡的『丁步』。用這個站姿面向觀眾時，身形看起來最好看又有氣勢。」

徐恩賜學著汪老師的姿勢，站丁字步後不自覺的縮起小腹，用這模樣照相肯定比以往帥上一倍。

「等下開始走路時，腳尖向上腳跟離地，落下時腳跟先著地，腳尖再貼至地面。每走一步，整個腳掌都要完全碰觸到地面，每一步的距離和速度盡量相等，感受這座戲場的呼吸。」

看著汪老師開始走路，徐恩賜連忙依樣畫葫蘆跟上。老師的步伐不快，但每一步都走得穩穩當當。

「呼——吸——呼——吸——用你的腳和舞台溝通。」

多久沒專心走路了？徐恩賜已經想不起來，但這樣慢慢的做一件事，他竟覺得不斷翻湧的心潮逐漸平息，他只要隨著自己的腳沓沓的往前走，聆聽自己的呼氣吸氣，他好像還聽到——這座寧靜的劇場正緩緩吐納空氣中的氣流，沉默的鼓動覆於它身上的地板，氣流細細拂過他的汗毛，將和暖的氣息從手尖腳尖遞至心尖。

「繼續走，今天就走個十圈吧。」

不知何時汪老師已停下腳步，笑瞇瞇的看著徐恩賜和徐禮。「這是傳統戲曲裡最基本的台步，也是平日養生的走路方法。我們戲曲其實來自於生活，所以我常說懂一點戲有益健康。」

當徐恩賜走完十圈，累得腿差點抬不直，徐禮的狀況比他好得多，難怪那天可以帶自己逃跑，看來阿禮實在太適合演戲曲了。

徐恩賜正在捶著自己發軟的腳，回頭卻見到小玲還在練習。

小玲頭下腳上，正在練習倒立，雙腿在空中不斷變換各種動作，乍看就像在跳水上芭蕾。過了會兒小玲將腳放下，接著手腳同時出力，將身體撐成了一座拱橋，再翻一個筋斗起身，看起來臉不紅氣不喘，還能笑著對他們揮揮手。

方才徐恩賜還以為自己經由名師指點，已經一夕之間打通任督二脈成為戲曲高手，但看到小玲的樣子，他可能連手都還沒搆著戲曲的邊呢！

「你們已經做得很棒了，要不然老師怎麼願意讓你們演龍套？」小玲朝他們走過來，丟出了一個好消息。

「演龍套？」

小玲興奮的點頭。「龍套雖然戲份不多也沒有台詞，但是常常在重要的時刻登場，所有的戲曲演員都是從跑龍套開始演起的。」

聽起來好像還挺厲害的，徐恩賜忍不住往下問：「那龍套要做些什麼？」

「龍套是隊伍中的成員，這些隊伍通常是用來烘托主角氣勢，就像老大出場時身後得跟著幾個小弟那樣。舞台上的龍套以四人為一行，每次都是四個人一起出場，你們不要擔心，到時候跟著其他人做就行了。」

他還以為自己能在台上威風一番，結果只是演個路人甲，不免有些失望。「所以龍套就是叫不出名字的配角，劇場裡面的活動布景板。」

「龍套是劇裡的小螺絲釘，沒有龍套，整齣戲就演不成了。」小玲拍了拍徐恩賜肩膀，為他打氣。「做人也是這樣，不能小瞧自己，你以為自己做不了什麼，可是有些事情少了你不行呢！」

小玲的這番話讓恩賜想到了自己的最初目的，是啊！他雖然只是個很普通的國二生，但要拯救爸爸也只有他做得到，就算他是個跑龍套的，誰知道下一刻他就不會成為主角呢？

結束今日的訓練後，徐恩賜總算鬆了一口氣，帶著黏膩的汗水往盥洗室前進。

「如果無法破關就不能脫離這遊戲，那要怎麼解決吃喝拉撒睡的問題？這個混合實境會把盥洗室也放進來嗎？」

徐禮看了看他們行經的路線，上方大大的箭頭標示著盥洗室的前進方向。「根據研判，《戲曲風華》是搬用過去真實存在的豫劇團場景，如果遊戲資料包含了整個劇團的建築體，就會有盥洗室。只是在混合實境中看到的盥洗室會和真實的盥洗室有所差別，等於是遊戲會對人類的視覺進行某些欺騙，但是人類的生理欲望仍然能獲得滿足。」

徐恩賜想起在爸爸書房裡見到的混合實境也是這樣，那麼說來，之前爸爸是在書房裡進行遊戲測試囉？

「所以下了戲台後我們仍在戲曲世界中吧？」徐恩賜只覺得這種感覺真奇妙。「那麼我希望發明《阿拉丁神燈》的混合實境遊戲，這樣子不用施展魔法，也可以把家裡變成阿拉伯宮殿，我翹著二郎腿當王子就行了。」

「你不喜歡在戲曲世界中嗎？」才剛拐過轉角，賢賢赫然出現在徐恩賜的視線裡，把人嚇得倒退三步。

「進到遊戲世界後妳不是通常只現『聲』嗎？現在怎麼現身了？」定下神，他才發現賢賢看起來有些不同。「妳是不是……變老了？」

第一次看見賢賢時，賢賢留著蘑菇頭髮型，看上去像剛進入大學就讀的年輕女生。現在的賢賢依然是短髮，但前額已換成漂亮的瀏海，髮尾也俏麗的捲起，一副社會新鮮人的模樣，難道程式領航員也會隨著遊戲進度更換造型嗎？

「什麼變老？是變漂亮了！」賢賢的應答也不像之前生硬，和她的髮型一樣，多了些俏皮的味道。「我是來宣達事項的。使用者接下『認真的龍套最帥氣』勞動任務，目前完成進度七分之一，接下來為自由探索時間，明天請繼續努力完成任務。」

徐恩賜不由得發出一聲哀叫。「七分之一？該不會我還要走七天的路吧？這任務為什麼比其他的還累？」

「要滴下眉毛上的汗珠，才能撿起田中的麥穗。汗水越多，麥穗會長得越大越金黄。」

「這是歪理吧？阿禮你有聽過這句話嗎？」

徐禮看著賢賢，緩緩開口。「AI可以信口開河嗎？還是這是設定好的回答？」

賢賢眨了眨眼睛。「使用者，你說呢？」

這段對話結束後忽然陷入莫名的寧靜，徐恩賜擦著頸間的汗水，用手肘撞了徐禮一下。「我們去洗澡吧，我現在覺得又累又餓。賢賢妳沒事要說了吧？雖然妳是AI但看起來就是女的，如果妳跟著來看我們洗澡，我會害羞。」

看著徐恩賜羞紅的雙頰，賢賢笑了兩聲，漸漸消失在空氣中。

已達成目標：善心、想像力。

欲達成目標：堅持。

未達成目標：XXXXX（尚未解碼）

任務欄說明：完成目標，成為一個真正的人。

# 9

# 動搖的天秤

正當徐恩賜和徐禮在為破關而努力著，遠在城市另一端的邦聯科學管理中心也有了動靜。

今天一位大人物降臨科學管理中心，從門口一路行來，各個館內人員皆以九十度行禮相迎。但大人物的眉頭始終未曾鬆開，兩眉之間就像被鎖上了一把厚厚的鎖。

推開白色會議室大門，徐英泰似乎已經等待他許久，對他微微欠身。「主席，能再見你一面真是太好了。」

「我聽說你想見我。」蘇仲立的口氣冷冰冰的，直接表明立場。「前幾天的法庭辯論已經說得很清楚，我認為ＡＩ對人類的生存影響重大，我不能容忍這麼有威脅性的東西繼續發展。」

徐英泰沒有反駁蘇仲立的話。「我想請問主席，人類為什麼不斷發展科技？」

「是為了讓生活更便利。」蘇仲立緊盯著徐英泰，思索著對方等下會接著說什麼話來說服他。「科技是為人類服務，而不是讓我們成為科技的奴隸。我不想人類像某些科幻電影裡演的一樣，變成身軀龐大四肢纖細的圓球，只能依靠ＡＩ輔助行動。」

「那是因為我們把科技用在滿足自身的欲望，而不是用它來從事更有意義的事。」徐英泰走向前，向蘇仲立遞出一張薄紙。「請主席先看看這張相片，相片裡的人是我妻子。」

徐英泰的妻子看起來十分年輕，她張開雙手指著後頭背景，映襯著斑駁城牆的是臉上燦爛的笑容。蘇仲立看著照片好一會兒，像發現了什麼，驚訝的問：「她背後的不就是……？」

「不錯，是還沒被菲律賓大海嘯淹沒前的高雄鳳山舊城。」

鳳山舊城位在以前的高雄市左營區，由於清領時代屬於鳳山縣，所以又稱為鳳山舊城。鳳山舊城曾經是全台保存面積最廣之古城，有一段還在蓮池潭的尾端，串連起一條漂亮的風景線。蘇仲立還記得自己年輕時特地從台北搭火車到高雄來，除了走過蓮池潭，也在城牆下看過一場萬人空巷的表演。

徐英泰看著這張照片，神情滿是懷念。「我和妻子是在ＡＩ設計大展上認識的，當時我一心想要研發出ＡＩ的更多新功能，可是我的妻子並不這麼想。她認為科技的存在不僅是為了生活的便利，也是為了保存在新時代下逐漸被遺忘的舊事物。

「古代人沒有照相技術，只能用筆畫下想記錄的事物，通常不能保存很久；但有了攝影技術後，事物的樣貌就能更逼真的留下來，例如我們想念親人的時候，可以拿出照片看一看。如果我們能從2D的平面保存進展到3D的立體保存呢？」徐英泰的聲音逐漸激昂。「就像二十年前因為大海嘯而消失的鳳山舊城，如果我們能有多一些保存資料，未來的子孫是不是就能知道我們的先人曾經生活在這麼美麗的地方？幾百年前的歷史，也能夠重製後呈現在眼前？難道科技的發展不該用於文化的傳承上嗎？」

蘇仲立聽著徐英泰的說法，心中的天秤竟開始動搖了。他也不禁思考，到底是科技帶來危害，還是人們錯用了科技？

但想到那天在法庭上的辯論，蘇仲立又拉下了臉。「如果照你說的，人類不該為了滿足自身欲望而使用科技，那我現在下令回收人型ＡＩ和智慧型電子裝置，不就是在遏止這件事發生嗎？你應該支持我的決定。」

徐英泰卻搖頭。「不，那是我們在害怕。」

無視於蘇仲立逐漸漲得通紅的臉色，徐英泰說出自己的想法。

「一九九七年，超級電腦『深藍』戰勝了西洋棋世界冠軍，那是第一次人類中最頂尖的高手被電腦擊敗。深藍的勝利證明了即使是最強的人類大腦，也會輸給ＡＩ。之後出現的AlphaGo也在圍棋界取得連勝，更掀起一股『人類是否輸給人工智慧』的疑慮。」

棋類競賽是人工智慧證明自己跟得上人腦的開端，當時人類相信，如果ＡＩ可以處理複雜的棋步運算，那麼運用在自動駕駛等各種領域中就能更進一步。經過了時間印證，AI早已越來越強大，一直到今天的地步。

「當時的人類也像今天一樣，擔心人腦輸給電腦之後，會不會影響人類對西洋棋的喜好？事實證明西洋棋到今天仍很流行，而且在電腦的輔助訓練下，西洋棋界出了更多高手，也發展出更多新的棋法。」徐英泰肯定AI的用處，接著話鋒一轉拉回人類身上。「而AlphaGo的連勝過程中，曾經被一名圍棋棋士擊敗。這名圍棋棋士下的『神之一手』，超出AlphaGo的運算範圍，讓AlphaGo接下來的棋步頻頻出錯，棋士終於逆轉打敗了AI。這證明人類在逆境中可以發揮得超乎平常，表現更勝於AI。」

徐英泰看著蘇仲立，眼神誠懇。

「從發展人工智慧以來，我們不斷擔心人類是否會被ＡＩ取代，但經過這麼多年，ＡＩ並沒有挑戰成功，甚至它的存在可以激發我們的極限。如果現在限制ＡＩ發展，就證明人類對自我已失去信心，那麼不用ＡＩ，我們將來也會被其他星系的種族取代。」

蘇仲立沒有說話。過了好一陣子，會議室裡才再度響起聲音。

「可是你現在想做的，是為ＡＩ加上人類的感情，這樣難道不會影響人類嗎？」

「所以主席想看著程靛在法庭上播放的醫院影像再度重演嗎？」

話題回到了前幾天的法庭辯論上，醫院裡ＡＩ醫生見死不救的影像仍震撼著觀看者的心靈。「就像程所長所指控的，ＡＩ存有短處，我看到這樣的景象也覺得很難過。所以我希望讓ＡＩ能具備人性，我相信有了人性之後，它會做出對人類更有利的判斷。」

咚！蘇仲立心中的天秤傾斜了，他緩緩解開緊鎖的眉頭，露出和藹的神態。

利用監視器觀看整個會面過程的程靛，臉色卻變得越來越陰沉。徐英泰竟敢提出這種歪論，想要動搖主席早已下達的決定，更重要的是主席似乎也聽進了他的話。

「所長，有件奇怪的事想向您報告。」一名部下進入中心控制室，對程靛畢恭畢敬的說著。

「什麼事？」

「我們發現幾天前徐博士的電子帳戶裡有一筆支出。」

「怎麼可能？」程靛皺起眉頭。「民間網路都已經關閉，目前買東西只能用現金交易，誰還能使用電子帳戶？」

「而且這筆支出是在無人商店裡刷帳的……」部下小心翼翼的看著程靛臉色，果然見到自己的上司神情從震驚到憤怒。

「這是不可能的事！無人商店要連繫網路才能運作，就算他身上有沒繳回的電子設備，也不可能突破層層的網路限制監控！」程靛大吼著：「把拍到的畫面調出來！」

部下放出影像紀錄，畫面中是一名少年站在智慧光板前，將手覆蓋在自動結帳機的掃瞄儀上，不一會兒即顯示結帳完成。從進入店裡到離開，前後過程不過短短幾分鐘。

程靛死死盯著畫面，又叫人重複播放了三遍，臉色始終如冷空氣低氣壓籠罩。「這名少年有沒有可能是資訊計算型的人型ＡＩ？」

「所有的ＡＩ都能夠透過條碼編號追蹤去向，我們核對過徐博士擁有的人型ＡＩ機型，研究室中的ＡＩ輔助員已全數停止運作，家中的家庭管家也遭受電子振盪器的破壞而無法運行，除此之外徐博士沒再購入其他的人型ＡＩ。我們也查過各種人型ＡＩ機型，這名少年都不符合。」

聽到了這個答案，程靛疑惑更深。「那麼他絕對有問題。」

「我們要把徐博士的兒子帶回來時，也是這名少年幫助他逃跑。」屬下如實說出那天發生的事。「我們懷疑徐恩賜可能還和這名少年在一起，但奇怪的是，我們查不到這名少年相關的身分資料。」

「派人繼續查，再找人去無人商店附近搜索，他們可能就藏匿在附近。」程靛冷冷的說著。「徐博士的兒子身上有枚晶片，這枚晶片一定和AI研發有關，只要我們能找到晶片並且證明徐英泰研發的程式具有危險性，就能徹底阻止AI的發展，挽救人類未來。」

似乎想到了什麼，程靛忽然喊住正準備離開的部下。「還有，如果對方堅持不肯就範。不論用什麼方法，都要把晶片和人帶回來——」

# 10 我能登台了？

渾然不知危機已經逼近的徐恩賜和徐禮，依然每天沉浸在龍套訓練中，但已經由第一天的練習走路，進步到可以上台參加排練。訓練時的功效就在此時發揮出來，他們已能順利走出漂亮的圓形。

「為什麼舞台上所有的走路動線都是圓弧形的？」徐恩賜疑惑的問著汪老師。

「在戲曲世界中，不只走路動線是圓的，所有從腳尖到指尖的動作都是圓的，圓代表中間是虛空，這樣才能擁抱成長的空間，所以戲曲也是和人生態度的相互輝映。」

因為這樣，徐恩賜特別觀察演員們的動作，像最常比出的雲手。雲手是戲曲身段入門最先學的動作，主要用於演員登場亮相的時候，但他光看兩手要從右擺到左又從左擺到右，試了好幾次手都快打結，尤其什麼時候掌心要向下、什麼時候掌心向上，在旁偷學的他都快把自己打結成一隻毛毛蟲，可是那從頭到尾都是圓的動作真的太賞心悅目，有些像在跳舞蹈，又有些像在打太極。

如果有天他脫離了龍套行列，他登場亮相時一定要做一次雲手！

「龍套準備上場了！」

後台的汪老師一喊，徐恩賜馬上振奮精神，緊緊關注前方的師兄。看對方腳一動，徐恩賜和徐禮便緊接跟上。

小玲沒騙他們，龍套真的很忙碌。

雖然傳統戲曲的布景只有一桌二椅，但也有不需要桌椅的時候。不像西方戲劇有放下布幕換場的習慣，傳統戲曲的換場有時要依靠龍套，龍套有時候得把桌椅搬上場或搬下場，除了這些之外，他們還得化身成戲中的各種角色，例如前一場是跟著配角欺負主角的家丁，下台後就得趕快換衣服，因為下一場他們可是要去逮捕配角的官兵呢！沒了龍套，這戲還真的演不下去。

只是徐禮演龍套時的表現，就沒之前唱高音和學走路這麼順利了，徐禮常被汪老師要求多運用肌肉線條做出表情，而且舞台上的表情要比現實中更誇張，觀眾才能清楚感受到演員情緒。徐禮平常就沒什麼表情，現在看起來更是哭也不是、笑也不是。

徐恩賜迫不得已，幫徐禮進行特訓。「你看著我，笑——嘴角往兩邊拉，牙齒露出來。」

徐禮試著做出相同的表情，微笑的樣子卻硬生生變成了呆滯的咧嘴。

徐恩賜懊惱拍了自己的頭。「你再試一次，心裡想一些開心的事。」

「開心的事？」徐禮跟著重複一次，徐恩賜竟從裡頭聽出了問題。

「你沒有過開心的事嗎？」

幾乎未經思考，徐禮隨即搖頭。

徐恩賜不可思議的問著：「一點開心的事情都沒有？例如和爸媽一起出去玩、得到人生中第一次禮物……」

徐禮依然搖頭。

阿禮以前的日子到底是怎麼過的？徐恩賜不忍心再問下去，直接扳正對方身子，語氣堅定的說：「那想我們在這裡的事。阿禮，你現在開心嗎？」

徐禮想搖頭，但他竟然聽見了自己雀躍的心跳聲，不可能的！怎麼可能會聽見心跳？「在這裡的感覺很不一樣。」

「那你試著想著這件事，做出微笑的表情。」

徐禮照著徐恩賜的話去做，慢慢拉開嘴角，臉上竟然浮出淡淡的微笑。

「阿禮你成功了！」高興的抱著對方，徐恩賜不忘交代：「上台表演時就這樣做，你這表情真好看……」

不只是徐恩賜和徐禮，小玲的表現也飛快進步中。自從小玲改善了呼吸方式後，原本容易唱到喘氣的高音，現在已經能臉不紅氣不喘的嘹亮唱出，好幾次聽得徐恩賜忍不住用力鼓掌。

汪老師欣慰的看著自己的子弟兵，向眾人宣布一項決定。「大家的狀況都很不錯，過幾天我們就要到鳳山舊城前參與正式表演，我打算讓恩賜和阿禮也登台演出。」

忽然被點名的徐恩賜心臟咚咚狂跳，他也要登台嗎？

「這次要在舊城東門演出的大戲《見城》是戲曲界難得的盛事，不但是跨出傳統舞台、前往環境劇場的首次演出，戲裡還揉合了歌仔戲、豫劇等跨劇種的戲劇呈現，用最屬於這片土地的聲音唱述台灣第一石城的故事。我們戲曲界辦出一場這麼大的盛事，除了是想喚回老觀眾，也希望吸引新觀眾加入欣賞，恩賜和阿禮這幾天的表現讓我對這件事更抱以希望，相信原本不懂戲曲的人，只要接觸後也會愛上。」汪老師看向徐恩賜和徐禮，正式發出邀請。「你們願意登台嗎？」

目前任務完成的進度是七分之六，徐恩賜估計若要完成這個任務，恐怕得答應汪老師的邀約，只是……「老師，俗話說『台上一分鐘，台下十年功。』我們才練了幾天，上台時不會出糗嗎？」

另一個聲音卻響起了。「我答應。」

徐禮難得這麼主動，把徐恩賜嚇了一跳。「阿禮你怎麼……？」

「必須完成任務才能離開遊戲，所以得答應汪老師的要求。」徐禮目不斜視的說著。

聽徐禮這麼說，徐恩賜才想起這是個虛擬世界。但遊戲裡所有人物都是這麼真實，如果到了任務完成的那一天，他真怕自己會捨不得離開。

徐恩賜才感傷到一半，遊戲時空再度凝結——

「任務『認真的龍套最帥氣』全數完成，你的堅持不懈感動上天，恭喜使用者獲得道具『無敵金嗓門』，請繼續努力。」

賢賢伴隨著快門鍵的咔擦聲再次出現，比起上次的俏皮，這次賢賢變得穩重許多，頭髮也已留到肩膀，唯一不變的是掛在胸前的復古相機。而以往總是保持一定距離的賢賢，這次竟然主動走上前為他們加油。「望向星星，黎明就在眼前。記得這句話。」

徐恩賜尚未弄懂這句話的意思，卻看著賢賢愣住了。賢賢的樣子越來越眼熟，說話時的溫柔神色是如此明媚動人，他一定在哪裡見過賢賢！

賢賢在消失前回頭看了他們一眼，溫和的目光透過空氣的波動傳送而來，像一波波潮水，襲向徐恩賜的心頭。

「爸爸做這遊戲也太耗費心血了吧！不只模擬出豫劇團場館和蓮池潭場景，現在連城牆也做出來了，如果這遊戲不是叫《戲曲風華》，我還以為這是在玩模擬城市。」

在前往鳳山舊城的途中，徐恩賜忍不住和徐禮交頭接耳。爸爸竟然瞞著他研發這套遊戲，真是太不夠意思了！

場景一變，眼前出現了一道綿延不絕的城牆，下方黑白相間的石塊充斥著剝落的痕跡，而上方凹凹凸凸用紅磚砌城的城垛像國王的皇冠，榮耀的佩戴在這座百年城池上。

鳳山舊城下方已聚集了許多人，有些人一看到他們便熱情的揮手：「海麗你們來了！」

走近後才發現那是不同的劇團，有已換上日本寶塚歌舞服裝的帥氣演員，還有扮成精靈造型的歌仔戲團員，許多當地表演團體皆聚集在此，為了這場盛事要拿出百分之一百二十的功力。

徐恩賜先在旁邊看了彩排，用一座城當舞台的視覺效果實在太震撼了，不只在城牆上演戲，城牆下的大馬路也被闢為舞台，有使用大卡車的改裝舞台、有動員上百人的旗陣，一時之間眼花撩亂不知道要看向哪裡，城上城下皆是熱鬧滾滾。

在城牆上方也架起了大螢幕，搭配各種的燈光投影，這是徐恩賜第一次看見這時代的「最新科技」，雖然比起二〇五〇年的3D立體投影仍有段差距，但也算得上五光十色令人目眩神迷。

「你一直以為我們走的是極簡風對吧？」一旁小玲看到徐恩賜的表情，忍不住吐槽。「我們雖然是傳統戲曲，但早就知道與時俱進了。如果能運用新科技讓戲變得更好看，當然也不會排斥，只是大螢幕上會不會照出我的痘痘啊？」

現在正值長青春痘的年齡，小玲慌張的摸著自己的臉，誇張的動作逗得徐恩賜笑了出來。

《見城》的劇情是敘述這座已三百多歲的石城一覺醒來忽然失憶了，忘了自己是誰？周遭的山川精靈為了喚醒石城君的記憶，從它建城之初的故事開始說起。

「聽——聽誰人在唱歌？」山女幽幽的歌聲揭開序幕，以前只在歷史課本上讀到的國際海賊林道乾、鴨母王朱一貴陸續登場，他們都曾經占領鳳山縣，雖然很快遭到擊敗，卻讓當時的朝廷認知到防禦的重要性，西元一八二六年清廷將原本用土砌成的鳳山土城改建為石城。

甲午戰爭後清廷割讓台灣，日本震洋隊駐守左營，但隨著震洋隊遠航、日本戰敗投降，石城在美軍飛機轟炸下，已經變得殘破不堪。歲月漫漫，曾經在這座城池出沒起落的英雄豪傑們，以及曾經未酬的壯志，都隱沒在時光的灰燼中，而不能保護他們的石城君傷心吶喊著「我到底是誰？」

這一聲「我是誰」重重扎進了徐恩賜心底，原來堅定不移的磐石也有迷惘的時候，我到底是誰？來到這世間做什麼？這是千百年來沒人能解答的問題……

日本撤退後，一位穿著扎大靠的女將軍出現在城牆上，原來是隨著國民政府來到左營，在此安身立命的戲曲隊，正在演出梁紅玉趕走外族番將金兀朮的折子，梁紅玉看見穿著古裝的石城君，大喝道：「你可是敵將金兀朮？」

只聽得懂台語的石城君愣愣的說：「啊？真鬱卒？」

國語和台語的雞同鴨講，逗得人哈哈大笑。正當徐恩賜開心觀看時，忽然聽到有人大喊「出場了！」身為龍套的他咚咚咚的跟了上去。

這場戲中他擔任要去迎娶大姑娘的迎親隊伍成員，就像他練習過無數次的走路，要走得直走得挺走得穩，隊伍在途中還會有些穿插變化。雖然只是眾多龍套中的一員，但有整齊的龍套才有神氣威武的迎親場面呢！

等大姑娘上了花轎後，迎親隊伍先行退場，將正中央的舞台留給四個轎夫和小玲表演發揮，兩旁還有其他劇隊支援的旗舞配合，大鼓的每一聲鼓聲也敲中了觀眾的心！

徐恩賜也是第一次看到抬花轎之後的後續場景，原來這場迎娶是「番薯芋頭」的組合，住在眷村的女孩子嫁給了本地的高雄男孩，過程中有吵鬧也有溫馨的時刻，住在城牆旁互看不順眼的外省人和本省人，同樣在城牆破損時不分彼此，同心協力幫忙修復，大家唱著：

「補房牆，補城牆，都一樣是唇齒相依。」最後「年復年，日復日，在此生根」，不論是先來的或是後到的，都在這片土地上開花結果，成了同一家人。

石城從建城到現在，始終沒有發揮禦敵的功用，但它早已真真切切「活」在人民周遭，人們在它遮蔽下有了安身立命的所在，同享城市的脈動。重溫完牆裡牆外的記憶，石城君才放下執著，它其實只是換種方法，仍然守護著在它周遭的每個人呢！

戲劇落幕後，徐恩賜眼中仍有閃爍的淚光。原來在消失的土地上，竟然曾有這麼精彩的故事，若不是進到遊戲中，他不會明白這一段歷史風華，是這麼的美麗，這麼的令人嚮往……

「彩排結束——」總導演大喊一聲，排練圓滿結束。

汪老師也走上前來，為下了戲的團員加油打氣。「明天正式登台演出，大家記得不要緊張，只要好好享受當下的美好。」

# 11 見城

這天劇團沒有再多排訓練，而是早早讓大家休息，徐恩賜卻顯得特別亢奮，他拉著徐禮前往蓮池潭，走過彎彎曲曲的九曲橋，踏進龍虎塔中的龍口。

龍虎塔高七層，是兩棟十二角形的中式傳統建築，由一龍一虎分別鎮守著兩座高塔。他們爬上龍虎塔的最高層，從上頭俯瞰這片大地，似乎還可以看見遠遠的只剩一個小點的劇團屋頂。

「明天表演應該會順利結束吧？表演完我們是不是就要離開了？我好希望能待久一點。」想到這裡，徐恩賜的眼神又黯淡下來。「可是我又很擔心爸爸……阿禮，你認為我爸爸為什麼要做出這個遊戲？賢賢說遊戲裡的設計全是爸爸留下的線索，但我覺得爸爸並不是想告訴我政府為什麼抓他，或有什麼武器和方法能把他救出來，他好像想告訴我另外的事。」

「不管徐博士想透過遊戲說明什麼，一定是他認為最重要的事。」徐禮看著徐恩賜。「你只要認真玩完，就會知道答案。」

徐恩賜聽到這話，開心的笑了出來。「你剛剛是在關心我嗎？我好像是第一次聽到你安慰人。」

徐禮嗯了一聲，慢慢點頭。

相較於徐禮的慎重，徐恩賜隨意問著：「阿禮，你怎麼認識我爸爸的？我爸爸從沒提過你，可是你特地來救我，你和爸爸一定有很深的關係吧？」

「我只是聽從徐博士交代，以保護你為第一義務。」不知道是不是錯覺，徐恩賜發現徐禮的眼神中微微閃過一絲失落。

「我想爸爸沒有對我提起你，一定是因為你太聰明，怕我會嫉妒你嫉妒得要死。你看你會這麼多東西，簡直是人體移動式百科全書，我要是有你一半聰明就好了。」徐恩賜伸出手摟住徐禮的肩膀。「但我可是從來沒有嫉妒你，誰會嫉妒自己的好兄弟？」

這還是徐恩賜第一次對某個人使用「兄弟」這個詞。

「我媽為了生我而難產去世，我從一出生就沒辦法見到她。小時候我不懂，只覺得既然沒有媽媽陪伴，那麼我就向爸爸再要一個弟弟，如果能有個和我同齡的玩伴一定很開心。只是每次我提起這件事，爸爸從不回答我……」

徐禮專注的望著徐恩賜，似乎想為他分擔一點憂傷。

想起自己以前的任性，徐恩賜不好意思的搔了搔頭。「後來到了學校，我以為自己會交到許多朋友，但是同學們幾乎都沉迷於線上遊戲，他們寧願透過虛擬螢幕嘻嘻哈哈，也不願意面對面交流，到最後我還是一個人。」

「可是認識你之後就不一樣了，這麼多年的願望一下子就滿足了，我覺得我今年的生日禮物就是有你這個兄弟吧！」徐恩賜一拳敲在徐禮的肩膀上。「雖然你看起來冷冰冰的，可是我能感受到你炙熱的心哦。」

徐禮的眼神裡隱隱閃爍光芒，語調也有了些微起伏。「真的嗎？」

「我是你兄弟，絕對不會騙你。」這好像是他第一次聽到徐禮使用問句，徐恩賜大笑出聲。「你知道嗎？我忽然想唱一首很老很老的兒歌，是有關哥哥和爸爸……」

「哥哥爸爸真偉大，名譽照我家。」

「你唱的很沒感情耶！學我唱一次——哥哥爸爸真偉大，名譽照我家……」

「你走音了。」

笑聲點點，灑落在蓮池潭的瀲灩波光中。

見城的正式演出是在傍晚時分，所有劇隊皆提早至舊城底下做準備，但此時已經有觀眾到場，他們不畏午後的豔陽興沖沖的拍照著，那單手往後比著城牆的姿勢讓徐恩賜大叫一聲。

「客廳裡媽媽的照片就是這個畫面！就連城牆好像也一模一

樣！」

徐恩賜激動的上前，這幅場景真的越看越像，所以他現在看到的城牆就是媽媽曾經看過的城牆嗎？心中的感覺好奇妙，就像是一隻搖搖晃晃的小獸追尋到母獸的氣味，踩著步伐跟上去，一路上母獸的氣味指引小獸前往最想去的地方。

「全體演員聽我這裡，我再重複最後一次的現場叮嚀……」導演坐著卡車，手持大聲公出場，向每個環節的演員提醒注意事項，道具和梳化組更是這時刻裡最忙碌的幕後英雄，每個細節都要確認再確認，就是為了讓今晚能呈現最完美的演出。

當太陽逐漸西斜，聚集至鳳山舊城前的人們越來越多，更有許多三代同堂的家族一同前來，他們找塊地方鋪開野餐墊，在等待的過程中家庭成員交換近日趣事，舊城底下聚滿歡笑，更像一場大型的戲曲嘉年華。

隨著音樂一響，《見城》也揭開帷幕——

開始演出後，徐恩賜的一顆心跳得飛快，他似乎明白小玲之前為什麼這麼緊張了，帶著數萬份的期盼，要在眾目睽睽之下表演還真不是一件簡單的事。他回頭看了小玲一眼，對方反而露出微笑。

要出場前，他用拳頭輕輕捶了徐禮一下，動著口

型無聲的說：「加油，兄弟。」接著一轉身，帥氣的踏步登場。

不管扮演什麼角色，只要一上了舞台，就要相信自己也能綻放光芒。徐恩賜賣力的演出，將汗水彈落在舞台上，享受觀眾如潮水般一波接著一波的喝采。

下場後，還來不及卸妝的他從演員的角色瞬間變成了觀眾，引頸期待等下小玲的演出。咚咚咚！鼓聲響起，大姑娘要登上花轎了——

「府門外三聲炮花轎起動，周桂蘭坐轎

內喜氣盈盈……」嘹亮的嗓子穿透夜空，拉出一條流動的銀河，浸潤至每顆聽著悲歡離合的心靈裡。

所有人專注的看著城牆下發生的趣事，兩旁的旗陣似乎在搖擺助威，大姑娘和轎夫們一路上相互惡整對方，身手靈動慧黠，不論是大姑娘經過石子路時揉著屁股的一聲聲唉呦，或者是轎夫們被大姑娘那一跳震得四腳朝天後搖手投降，觀眾皆被逗得哈哈大笑。大姑娘也笑彎了腰，掀起轎簾後手指向轎夫：「嗯——？」

接下來便是這表演最精彩的一段，要吸滿飽足的氣才能唱出的戲曲界花式唱腔，將展現在觀眾面前。

忽然一陣呼呼的聲音迅速由遠而近，挾帶著飛砂走石，不但吹得人睜不開眼，現場收音的麥克風更是發出嘈嘈的噪音。這陣怪風來得快去得也快，正當徐恩賜剛放下心，卻聽到幕後工作人員竊竊私語：「麥克風好像不能用了，怎麼辦？」

他轉頭看著小玲，畢竟也只是十三四歲的女孩子，發現麥克風失靈後臉上已流露出幾分無措，站在台上不知該如何是好。徐恩賜腦海中浮現賢賢在遊戲一開始便說過的話：「當天小玲的登台演出將以失敗收場，使用者必須改變小玲的結局，才算過關。」

一股無力感瀰漫心頭，他以為自己已經改變了結局，但是不論如何，遊戲最後仍註定讓小玲的登台演出失敗嗎？

徐禮的聲音卻像一劑強心針，注入新的希望——「恩賜，無敵金嗓門。」

對了，他還有完成龍套任務時獲得的道具「無敵金嗓門」，他趕緊回應阿禮：「要怎麼把這道具叫出來？」

「只要大聲喊就行了。」

徐恩賜抓住徐禮的手，臉上是堅定的神情。「阿禮，我們一起喊！」

小玲手足無措的站在台上，明明才幾秒鐘的時間，卻像經歷幾個世紀如此漫長。這時不知從哪裡傳來一聲「加油——」，打破了凝結的時空，後頭又再次傳來一聲「加油」，觀眾們聽到後也紛紛跟上，加油聲形成了一股浪濤，將現場氣氛沖刷至最高點。

小玲神色振奮起來，重新開了金口。「有賞——」

當聲音一出，竟像細而堅韌的鋼絲拋入空中，一個賞字拉得聲情有致，在高音處還能迴環轉折，就像坐雲霄飛車可以騰空轉上數圈且越攀越高，以為看見了雲端即到達頂點，一下子又衝到星星與星星之間，在星空中又跳至前往天界的浮槎上，如此一層翻過一層，沒人想過能翻得越險越奇。

這時最後一聲「走——」落下，就像流星墜落，穿過大氣層時摩擦出絢爛火光，渲染了整個天際，同時鼓聲跟著咚咚響起，百人旗舞成了地面上飛翔的鳥。麥克風不曉得從何時開始恢復正常，聲音舞蹈彼此相和相合，精彩得讓人眼睛不知該看哪，耳朵不知該聽哪，當大姑娘的花轎退場後，這時台下一片轟然雷動，頻頻叫好。

「這段表演太精彩了，我真的可以記得一輩子！」小玲下台後，徐恩賜立刻衝上前鼓掌，要不是看見小玲紅通通的臉頰還在喘氣，他鐵定送上一個大大的擁抱。

「剛才是你們為我喊加油的嗎？」

小玲這句話其實不用問，因為他和徐禮臉上還掛著的笑容就是最好的解答。

汪老師也走上前來，眼裡似乎噙著微微的淚光。「妳做得好極了，孩子。」

咔擦——賢賢按下快門，這一瞬間成了永恆。

# 12 謎底揭曉

今晚的月亮被籠罩在烏雲內，夜色一片暗沉沉的，在荒涼的戲曲中心外，響起一陣低沉的腳步聲。

「你確定人就藏在裡面嗎？」

如扁平刀片般的低沉聲音刮過在場每個人的耳朵，穿著黑西裝的男子沉穩回答。「是的，派出去的無人機已經精準拍到兩個人的臉孔。」

程靛環顧四周有些詫異，現在人們幾乎都住在規畫井然有序、各項生活機能便捷的社區裡，連出門多走幾步路都覺得懶，對於各項物資皆欠缺的環境更是不能忍受。難怪他第一時間沒有想到，研究最先進AI科技的科學家之子，竟會藏身在這種破舊建築中。

「好，留幾個人在各個出入口處看守，剩下的人跟我進去。」

穿過黑暗的長廊，程靛看見從主場館散發出的亮光和聲音，不由得往前方望去。「那是……混合實境？」

從程靛的角度望去，場地中央正在上演一場大型的戲劇表演，鑼鼓喧天熱鬧非凡。程靛看了一會兒才發現問題：「現在混合實境裡播放的一定是晶片內容，就算徐恩賜或這個少年身上有智慧型裝置，可是他們怎麼會有這麼充足的電力供給？」

「也許他們為了研究晶片內容，提前準備好許多行動電源。」

聽了屬下的意見後，程靛還是覺得哪裡不對勁。他記得拍到的電子影像中，和徐恩賜在一起的少年在商店裡買了許多生活用品，但並沒有買行動電源。

程靛沒有下令馬上抓人，而是看著徐恩賜沉浸在遊戲中又叫又跳，忍不住嗤笑一聲。「所以我才認為科技需要受到管理，以免所有人都沉溺在這樣的幻想之中，每天不思上進，世人的眼睛就是這麼愚昧。」

「你們兩個等下手腳俐落點，把他們抓起來後將晶片帶回去研究。」

兩名屬下得到命令後，緩緩從後方朝徐恩賜和徐禮靠近。

這時徐恩賜還沉浸在戲劇演出成功的感動中，果然又聽到賢賢的聲音。「使用者付出『鼓勵』，挽救小玲的登台表演任務成功，系統將……」

徐恩賜還來不及聽清楚賢賢說了什麼，只感到一陣猛烈的撞擊，原來是徐禮用力把他推開，從後頭要抓住他的人撲了一個空。

徐恩賜一眼就認出來這些人是科學管理中心的人，對方一定是衝著晶片而來，他連忙對著徐禮大吼：「阿禮，快跑！」

徐禮聽到後愣了一會兒，腳步已本能的向後移，但看到對方朝徐恩賜撲過去，徐禮登時改變方向衝上前去，再次把對方撞開。這一撞，整個混合實境竟顯得搖搖晃晃。

站在一旁的程靛看到這情況眼神瞬間變得犀利，大聲叫著：「晶片在那名少年身上，他有晶片啟動器！」

兩名屬下一聽，馬上改變逮捕目標，其中一人上前抓住徐禮的手臂，另外一人拿出電子手銬想銬住徐禮手腕，沒想到徐禮似乎早就料到對方動作，一個閃身躲開了。徐禮如此迅速的反應讓抓他的人都愣了一愣，程靛更看得神情嚴肅，再怎麼樣一個孩子的身手怎麼比得上兩個孔武有力的成年人？

想著徐禮身上的種種反常，再看著他鎮定自若的面容，程靛想到了另一種可能性，莫非他是——

這邊兩名少年和兩名大人的追逐戰仍持續著，混合實境裡在草地上席地而坐的人們被他們衝散，發出陣陣的抱怨聲，連小玲也不知道在哪裡了，徐恩賜跟在徐禮身後問著：「我們有可能逃出戲曲中心嗎？」

徐禮點頭。「跟我來。」

徐禮竟像有一雙火眼金睛似的，準確無誤找到被混合實境隱蔽的走廊通道，只是落在徐恩賜的眼裡，神奇的事情發生了，眼前即將撞上的舊城牆竟然自動開出一個洞來，就像通往異世界的通道！

就在他們要逃出生天時，徐恩賜看見前方的徐禮忽然一個踉蹌，摔在地上跌倒了。「阿禮！」

「我猜的果然沒錯，你真的是人型AI。」手裡握著電子振盪器的程靛，露出充滿憤恨的笑容。「因為是人型AI，才可以入侵各式各樣的電子裝置，干擾管理中心通訊的訊號源，幫助徐恩賜逃走。還可以準確無誤的找出路徑方向，藉由人類的生理特徵判斷對方的下一步反應，最明顯的就是你是個大型移動電源，你本身有充足的電力才能支撐晶片的運轉吧。」

「你們這些AI，總以為自己的判斷是最正確的，你們從不出錯？不，其實只要受到一點干擾你們就錯誤百出了。」程靛下意識的摸著自己右眼。「你們這些憑數據判斷一切的機器，應該永遠消失在這個世界上！」

程靛將電子振盪器的電力開至最強，準備讓徐禮變成一團廢鐵，就在電子振盪器要觸到徐禮身上的剎那，徐恩賜跳出來抱住徐禮。

程靛眼明手快，連忙將電子振盪器丟至一旁，破口大罵道：「你知不知道這電流有多強？人體接觸到的話可能會造成傷害！」

「可是他是我兄弟！」徐恩賜直起身子，毫不畏懼的看向程靛。「在你眼中他是AI，可是在我心中他是我的家人。」

程靛聽了神情一變，但一下子又笑了出來。「你回頭看看你維護的那個AI，現在是什麼樣子再說吧。」

徐恩賜扭頭後便看見徐禮四肢僵直的動著手腳，不斷的拍打地面，身體內部構造因受到信號干擾不斷發出沙沙聲，就連遊戲畫面也霎時消失。

「你認為這個AI現在還聽得到你說話嗎？」

徐恩賜對程靛嘲諷的話語充耳不聞，只不斷在徐禮身側喊著：

「阿禮！阿禮……」

徐禮像一台失控的汽車只顧著往前爬，程靛讓屬下趕快去抓住徐恩賜，卻沒注意到徐禮的手碰到牆壁，戲曲中心裡的電燈頓時閃了一下——

「不好！人類對於電子牆不會有反應，但電子牆可以幫AI充電！」

當程靛想起這件事時，徐禮已將全身靠在牆上，他的四肢不斷抽

摀，卻是電力漸漸充飽的象徵。程靛見狀急著大喊：「快去制止那台AI！」

徐恩賜緊緊拉住兩名黑西裝男子的衣服，不讓他們接近徐禮，其中一人暴躁的揮肘襲向徐恩賜的臉，手才剛舉起來便被人拉住——

徐禮的動作還帶有些不協調，但他死死握住對方的手腕，用平板的機械音說著：「不准傷害我的親人。」

程靛聽見這句話臉色僵硬，內心像被擊中重重一拳，這台AI竟能對人類付出的感情加以回應，選擇違抗強制服從程式，為了保護人類而對其他人出手？如果AI有自由意志，它最終的選擇不是傷害人類，而是保護人類嗎？

另外一名黑西裝男子發現事態不對，眼前的AI好像已經發了瘋，他揮開徐恩賜的手衝向一旁撿起電子振盪器，朝著徐禮後方襲去！

# 13 蛻變的代價

「——通通住手！」

一聲大喝震懾了所有人，兩道身影從漆黑的走廊中緩緩出現，尤其程靛一看到發話者後，神情充滿驚訝。「主……主席您怎麼會來？」

蘇仲立沒再開口，但如烏雲般的臉色已說明一切，在他身後的徐英泰則是狂奔至徐恩賜的方向。

徐恩賜看著好多天不見的爸爸，還來不及說上任何話，就聽到徐英泰問：「阿禮你有沒有怎麼樣？」

肢體仍然無法自由控制的徐禮，努力的想要勾出一個微笑。

「我……沒……事，爸爸。」

阿禮怎麼會叫爸爸？徐恩賜的第一個想法是爸爸在外面還有另一

個家庭和兒子嗎？下一刻才想起阿禮是人型ＡＩ，看著爸爸熟練的拆卸阿禮背後的機關，莫非阿禮就是爸爸製造的？難怪阿禮會在第一時間出現並保護他！

徐英泰重新調整徐禮的電路板，徐禮總算暫時恢復正常。擦了擦額上的汗水，徐英泰起身望向程靛。「程所長，我有幾句話想和你說，請恕我直言。」

程靛哼了一聲，不置可否。

「我知道你對ＡＩ很不滿，有可能是因為過去ＡＩ誤診的事件。」

聽到這句話，程靛猛然退了一步，神情裡滿是凶戾。

徐英泰依然平和的看著程靛。「這件事情新聞上曾經播報過，如果觸犯到你的隱私，我在此先向你道歉。由於ＡＩ的誤判，讓你失去了一隻眼睛，必須裝上義眼生活，我能理解你對ＡＩ的不信任。但是你裝上的義眼，同樣也是依靠ＡＩ手術機器人所操刀，甚至義眼裡也有微型智慧晶片幫助你聯繫視覺感知。」

程靛沉默著不說話。失去右眼的事一直是他難以解開的心病，原本他可以有健康的身體，卻因為ＡＩ僅憑數百萬筆數據分析的總和結果做出判斷，未注意他可能是其中的例外，害他平白無故瞎了一隻眼，要他如何相信ＡＩ？

「科技不斷在進步，就像人們無法阻止蒸氣火車發明後，鐵軌的鋪設對於環境造成的破壞；當電燈照亮世界時，為夜晚的動植物生態系帶來劇烈的改變；ＡＩ人工智慧也早已浸潤至我們的生活中，無論喜歡或不喜歡，皆必須接受。」徐英泰緩緩道出自己的看法。「任何科技的發明都像一把雙面刃，有好處也有壞處，帶來便利的同時也帶來災禍，而我們該做的事是盡量把科技導向正途，將它所產生的壞處降到最低，所以我也認為科學管理中心的存在是必要的。」

他一直惦記著AI害他失去了眼睛，但讓他重新裝上眼睛的也是AI，讓更多人重見光明的更是AI，所以AI的存在到底是好是壞？聽到徐英泰並未完全否定管理中心存在的意義，程靛也不由得開始思考AI可能會有的正面效益。

徐英泰走到程靛面前，伸出自己的手。「我希望能和程所長攜手合作，讓科技的發展不會偏頗，並提升它在生活應用上的準確率。」

「我不想答應你。」程靛拍了一下徐英泰的手。

雖然程靛的態度不太好，但是和自己擊掌了，應該算是答應了吧？徐英泰笑著收回手。「謝謝程所長。」

短暫的休兵言和後，程靛想起一個更重要的問題。

「這台AI，真的有類似人類的感情嗎？」程靛看著正乖巧站在一旁的徐禮，明明方才還不聽控制，差點打破每個機器人出廠前皆會安裝的「機器人不得傷害人類」強制服從程式，現在這模樣看上去真不習慣。

「想知道阿禮是否具備人類的感情，晶片裡的遊戲結束後就知道答案了。」

見徐英泰朝他點頭，徐禮重新開啟遊戲程式，當光線投射於空中，戲曲中心頓時被舊高雄的風華所掩蓋。

「這是……」蘇仲立一看見立刻瞪大了眼，這是過去數十年他記憶最深刻的一天。在全台灣最大的環境劇場下，他親眼見證那場萬人盛宴，全場數萬顆心一起為同一件事而鼓動，怦怦的心跳聲久久不絕……

《見城》的表演已經到了尾聲，所有劇團全數演員站至城牆前一起謝幕，熱情的掌聲和口哨聲不斷，抬頭望向城牆上方，賢賢竟然出現在大螢幕裡。

徐恩賜看到後差點驚叫出聲，那留長的頭髮、像音階一樣逐漸上揚的微笑，還有望著他柔情滿溢的模樣——「媽媽?!」

「在第一次見到小玲時，你啟動了惻隱之心；第二關一桌二椅的想像力考驗，勉強及格；第三關你堅持不懈，達成辛苦的龍套訓練；最後你懂得為別人的表現鼓掌，展現讚美之心，這些都是我想要教給你的道理，而且你還主動擁抱了友誼。使用者徐禮，你的表現真是令我太驚訝了。」天上的月光直洩而下，將螢幕染成一片銀白，看起來一片如夢似幻。「我在此宣布，你通過了系統考驗，已完成『情感』的學習。」

「咦？」徐恩賜面露詫異，這遊戲的主要玩家不是他嗎？為什麼賢賢卻只對阿禮說話？

「《戲曲風華》這遊戲本來就是為了阿禮而設計的。ＡＩ是依靠大量數據進行學習的存在，而這遊戲的本質是情感模擬程式，在遊戲中的各種突發狀況，皆是為了讓阿禮當下做出判斷。其實在這之前，我也曾讓其他ＡＩ進入程式中，但他們都失敗了。」看著徐恩賜不解的神情，徐英泰摸了摸兒子的頭。「因為其他ＡＩ身邊沒有你。」

螢幕裡開始出現一連串的畫面跑馬燈，玩過遊戲的徐恩賜知道，這是破關之後會出現的歷程紀錄。果不其然，螢幕中是阿禮在五里亭裡對小玲指正呼吸方式、在劇場裡把椅子當成井口跳、當龍套時不小心的同手同腳、在城牆下為小玲吶喊加油……，他看見阿禮從一開始的面無表情，之後對於周遭事物逐漸有了更多關注，眼神也開始出現變化，最後一幕是阿禮捨身救他。雖然遺憾自己當不成遊戲主角，但他也出現在每一幅畫面中，陪阿禮度過每個難關，似乎也在其中一起成長了。

「所以阿禮已經通過了測試？」

徐英泰卻凝重的搖頭。「還有最後一關。」

跑馬燈結束後，環繞音效、雄偉的舊城牆和所有的演員觀眾皆消失了，混合實境裡剩下單調的藍色背景，甚至隱隱可見其他物體的真實樣貌。

有道人影從藍色背景中走了出來，起初是十三四歲的小玲，走著走著變成了剛進入遊戲時看見的賢賢，又慢慢留

長了頭髮成為比較成熟的賢賢，最後站在徐禮面前的，是照片裡恩賜媽媽的模樣。

「媽媽」溫柔的聲音像陣春風撫過耳際。「阿禮，你知道你的名字怎麼來的嗎？」

徐禮點頭。「是爸爸幫我取的。」

「你的名字和恩賜一樣，是我們親自取的——徐禮，代表你是我們徐家所得到最棒的禮物。」媽媽看著徐禮的神情，就像看著疼愛多年的孩子。「我們希望恩賜有個兄弟姊妹，能夠在成長路上一同分享喜怒哀樂，『陪伴』是人類的感情需求，所以我們創造你來到世上。你知道皮諾丘的故事吧？」

「知道。一個由人類創造的小木偶，經過種種考驗，最後變成人類。」

「你想和皮諾丘一樣變成人嗎？」

徐禮轉頭看了看英泰以及恩賜，不加思考的說：「我想變成人。」

「那你願意付出代價嗎？」媽媽繼續問著：「小木偶成為人類之後，他必須接受人類的規範，甚至也會生老病死。如果你想保有像人類一樣的情感，就必須設定死亡開關，像人類一樣有生命的開始和結束；如果你不想，《戲曲風華》程式關閉之後，你也將被強制關機清除記憶體內容，送回原廠成為空白的新人型AI。你想要選擇哪一個？」

徐恩賜搶先跳出來抱怨。「爸爸你在做什麼？讓阿禮像現在這個模樣就好了，為什麼要逼他做選擇？」

「AI始終只是輔助人的工具，不能夠取代人類。有朝一日它若獲得人類獨有的能力，那也必須有制衡的機制。」徐英泰嘆了一口氣。「這是每個科學家選擇發展AI時，必須考慮到的種種層面。」

一旁的程靛聽見這句話，冷冷補上一句：「我們科學管理中心也會繼續嚴格監督AI研究所，以防你們又在搞什麼鬼。」

所有人都在等待徐禮的選擇。徐禮學著徐恩賜挑起眉毛，輕快的笑著說：「我選好了。」

「——我叫徐禮，我要和我的家人在一起。」

聽見徐禮的回答，媽媽並不覺得意外，似乎早預料到徐禮的選擇。「那麼我將被嵌入你的身體裡，一直陪伴你到生命結束的那天。」

徐禮取出手環中的晶片，將晶片插入手腕裡，隨即烙出一個∀字型，那是AI安裝永久程式的作法，也意味著徐禮一輩子將和裡頭藏著死亡木馬程式的晶片分不開。媽媽身上的光華逐漸淡去，身軀淡化成點點星光，在要消失的一瞬間，她看向徐恩賜，嘴角逐漸拉成上揚的旋律。「孩子，真高興見到你。」

一聲「媽媽」來不及說出，停留在唇間舌尖，徐恩賜從沒有這麼一刻覺得和媽媽如此接近。原來媽媽是真的這麼愛他，就算她已消逝在這個時空中，但刻骨的親情將超越時間空間，烙印在最渴望的心靈裡。在另個時空中，媽媽也是這般慈愛的看著他一點一滴的成長吧？

徐恩賜抬起頭，從碎了一角的天窗處望向夜空中閃爍的星星。就算現在亮光只有一點點，但他知道，轉變心情後他會等到最燦爛的黎明。

# 14 美好生活

「恩賜，起床吃早餐了。」一大早徐英泰便敲響房門，以一聲聲愛的呼喚拉開早晨的序幕。

「今天又是爸自己做早餐嗎？」當徐恩賜出現在餐桌前，看見爸爸的「精心傑作」，頓時睡意全消。

「福氣做的早餐總是斤斤計較多少卡路里，一定要搭配穀物和水果才能吃得健康，可是太健康的東西往往都……」徐英泰瞄了一眼正站在一旁待命的福氣，如果再往下說，福氣可能會開啟嘮叨模式。唉，他當初為什麼要把福氣設定成會使用愛的教育的家庭管家呢？

「況且現在政府不是在宣導嗎？『親自動手進廚房，家人感情一級棒。』現在的最新趨勢就是人們重新親力親為，不要讓科技阻隔人與人之間的距離。所以爸爸做早餐給你吃，你開心的和爸爸說『好棒』

就行了。」

加糖的荷包蛋、奶油起司乳酪條，還有一杯黑褐色的蔬果精力湯……唉！看到這一桌重口味食物，他開始想念福氣做的早餐了。只是抬頭望向那張燦爛笑臉，徐恩賜不想打擊爸爸的信心，只好乖乖坐在椅子上，有氣無力的喊著：「耶，早餐好棒。」

徐英泰笑得更開心，轉頭望向正在用餐的另一個兒子。「阿禮，你覺得怎麼樣？」

徐禮正拿著叉子將乳酪條放進嘴中，接著面色如常喝了一口精力湯，給出了評價。「好吃。」

「不是吧？你喜歡吃這樣子的食物？」徐恩賜大叫起來。

「這是在模擬人類的進食狀態，人型AI本身沒有嗅覺和味覺的功能。」徐禮一臉正經的說：「我只是在實踐我學到的讚美之心而已。」

「恩賜，等下你要幫忙整理媽媽的相本嗎？」

聽見徐英泰這麼問，徐恩賜的雙眼亮了起來，如風捲殘雲般將所有食物都塞進口中，吃飽後跟著爸爸來到客廳。

將相簿一一攤在地上，徐恩賜陪同爸爸一頁頁翻開，不由得發出了驚呼聲。「這是……五里亭？還有九曲橋、龍虎塔……這個也有！所以汪老師和台灣豫劇團以前真的存在！」

相片裡是一個簡易的表演舞台，上頭擺著一桌二椅。雖然舞台上空蕩蕩的，但徐恩賜眼前已浮現出汪老師站在一旁指導演員的模樣，那如青竹挺立的身姿始終未被艱難的環境所擊敗，而在台上翻滾、奔跑、唱戲的一顆顆小竹筍，也漸漸茁莊成長，耳邊彷彿響起小玲高亢嘹亮的輕快歌聲：「這個香囊繡得真好看，上邊繡著一朵紅杜鵑，李花白來桃花豔，還繡了一朵並蒂蓮，蓮花兒綠葉子兒，有兩道蕊心細絮在裡邊……」

徐英泰一一翻閱這些照片，神情充滿懷念。「媽媽很喜歡照相，最喜歡做的事就是在胸前掛著一台單眼相機到處拍照，她說她想把文化中最美的一面留下來，時光縱使消逝了，只要有人記得過去就能永遠存在。媽媽

她拍了很多風景，極少拍自己，可是有些照片裡還是能看見她。」
「你看這張——」徐英泰指著相簿裡其中一張照片，那是拍攝蓮池潭邊的蓮花，除了紅綠相襯的美景外，水面倒影裡竟映出媽媽的身形。
徐恩賜仔細觀察著。「所以媽媽以前留過短髮，髮尾也是捲捲的？」
明白兒子想問什麼，徐英泰點頭。「《戲曲風華》裡所有的背景模組，全來自於媽媽的照片，幸好她當時留下這些珍貴的資料，我才能根據相片完整復原。當然，我也把媽媽擺進了遊戲中，程式領航員的名字是賢賢，而你要幫助的角色叫做小玲，她們的名字合起來怎麼念呢？」

賢賢和小玲……再加上汪老師的姓氏，不就是媽媽的全名嗎？原來媽媽一直以不同的樣貌出現！

徐恩賜抬頭看了看同樣坐在一旁的阿禮，遊戲晶片還在他的金屬骨骼中，就好像媽媽一直陪在他們身邊。「我們還能再次進入遊戲中嗎？」

「蘇主席前幾天和我聯絡過，他想推行『重見高雄』計畫，希望我能將《戲曲風華》加以擴充發展，讓每個人都能走入遊戲中，認識舊有的高雄風貌和傳統文化。他不只希望遊戲中的戲劇《見城》可以重現在人們眼前，更希望這些舊戲曲能夠變成新時代的力量，因此成立了許多社區戲曲體驗班，你想報名嗎？」

「我當然要！」徐恩賜高興的大喊，還不忘回頭拉上自己的好兄弟。「阿禮你也要去，這一次你要徹底把自己感情激發出來，我們倆兄弟要從龍套變主角，要站到舞台上最顯眼的位置！」

徐禮直挺挺的轉身，看向徐英泰。「爸爸你也要報名。」

「欸？我也要去？」

「人類說『有福同享，有難同當』，我正在實踐這句話。」

徐英泰撫著額頭，誇張的嘆氣：「你的情感變豐富後，好像也變得越來越奇怪了。唉呀！這到底是福還是禍？」

「我無法預測自己未來的發展。」徐禮講話時仍帶有些微機械式的平板音調，但是嘴角漸漸拉出一個上揚的微笑。「我只是相信自己，會一直往好的方向前進。過程或許不會一帆風順，將來還有許多考驗，但不論痛苦或愉快，能夠承受這些，都會使我變成更好的人。」

徐禮手腕上的∀字型在晨光照耀下清晰可見。徐恩賜忽然頓悟，把AI倒過來寫，「∀I」的意思就是「所有的我」：不論缺憾或圓滿，那些未知的未來和已知的過去，以及不曾離開的愛，皆讓自己的人生愈加飽滿。

我是誰？曾讓自己迷惘的主題已經有了解答——認同自己的那一刻，我就會找到生命的真諦。

九　歌　少　兒　書　房　2　7　9

少年∀I

國家圖書館出版品預行編目（CIP）資料

少年∀I / 李郁棻著 ; 許育榮圖 . -- 初版 . --
臺北市 : 九歌 , 2020.11
面 ;　公分 . -- (九歌少兒書房 ; 279)
ISBN 978-986-450-317-9( 平裝 )
863.596　　　109015227

作　　者——李郁棻
繪　　者——許育榮
責任編輯——鍾欣純
創 辦 人——蔡文甫
發 行 人——蔡澤玉
出　　版——九歌出版社有限公司
台北市 105 八德路 3 段 12 巷 57 弄 40 號
電話／02-25776564・傳真／02-25789205
郵政劃撥／0112295-1

九歌文學網　www.chiuko.com.tw

印　　刷——晨捷印製股份有限公司
法律顧問——龍躍天律師・蕭雄淋律師・董安丹律師
初　　版——2020 年 11 月
定　　價——260 元
書　　號——0170274
I S B N——978-986-450-317-9